武俠誌

天馬行空 破格創新

天行者出版
SKYWALKER PRESS

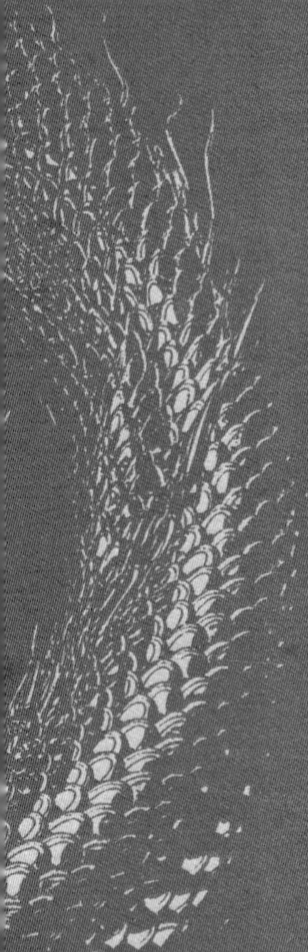

潛龍
東南 著

目錄

推薦序

以武俠重新演繹漢末弄權的十常侍與大將軍何進之間的衝突，非常精彩，作者東南更巧妙地在各陣營加入陰謀詭計，讓小說在熱血刺激的武打之餘，亦有引人入勝的爾虞我詐，各路人馬機關算盡，令這場禁宮中的風波呈現不一樣的驚人風貌。

——香港推理小說作家　陳浩基

七

序章

潛龍勿用

北風凜然如刀，大雪暴下如雨。

此時乃漢中平六年，當今皇上乃漢孝靈皇帝劉宏。自漢殤帝起，外戚、宦官勢力相繼興起，漢室皇權逐漸沒落，國勢傾頹，昔日輝煌早在戚宦之爭中蕭然殆盡。自靈帝即位以來，氣候反常，天災頻繁，旱災、水災、蝗災相繼肆虐。四處怨聲載道，百姓民不聊生。

此刻是立春節氣，立春之日本該生機蓬勃，萬物盛放，但由於天氣反常，狂風暴雪在官道上咆吼奔馳，一隊約十來人的官兵領着囚車在官道上緩步前行。

走在隊伍前的三人在嚴寒之下也沒有身披厚衣，只穿著一件貼身的黑色勁裝，他們面對如此惡劣的天氣仍面不改容，一臉輕鬆自若，昂首挺胸神態威武地闊步前行。反是他們身後的官兵們就算身穿厚衣仍凍得面色發青，牙關打格。但即便如此，官兵們也不敢有任何怨言，只默默地跟在三名黑衣人的身後，只因他們知道這三人來歷絕不簡單。

而困在囚車內的那名欽犯，也不簡單。

官兵們一直沒被告知押送的是什麼犯人，但他們大多都是有經驗的老兵，當他們收到押送犯人的命令之後，發現領頭的是三個素未謀面的黑衣人，而召集他們的長官對這三個黑衣人又是異常恭敬，再加上這押送隊伍的人數又遠遠少於平時，這批老兵們便知道這次的任務絕不尋常。

尤其當他們看到那綁在三名黑衣人左臂上的木牌時，更加確定了自己的想法。

那木牌黑沉沉的約莫一巴掌大，驟眼看上去沒有任何奇特之處。但認真一看，每塊木牌上均似有光影流動，原來木牌上刻有一個由點線相連的奇特圖案，刻紋內灌注水銀。而這木牌的手工也極是精細，也不知用了什麼方法，竟把水銀封在木內，不但沒有溢出，更沿著圖案流淌，眩目亮麗，隱約有星河燦爛之感，奪目至極。

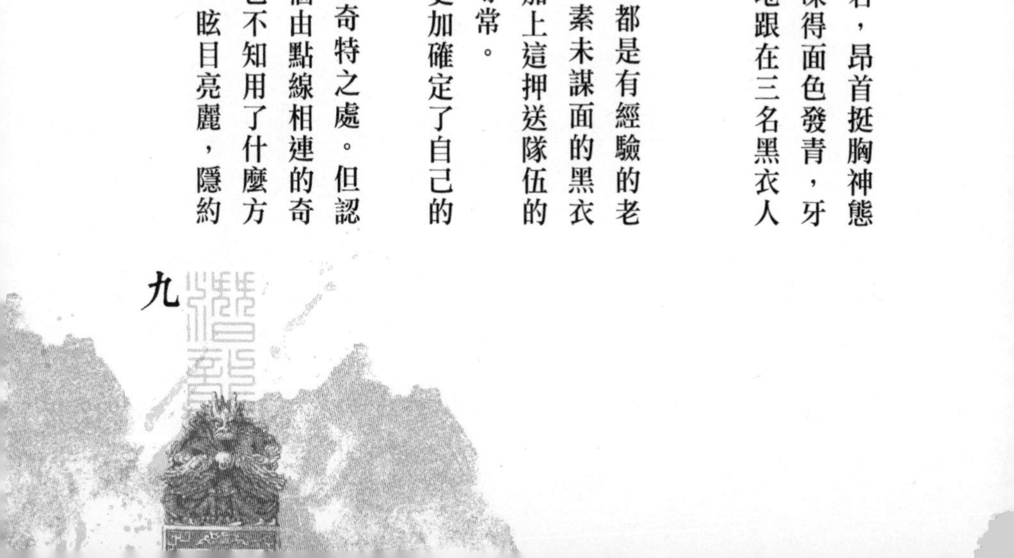

老兵們各自倒抽一口涼氣，心道：「見鬼了，莫非這三人……便是傳說中張常侍麾下的『十四星』？」

十常侍，是靈帝時期十個權傾朝野的宦官。當今皇帝靈帝劉宏不理國家傾頹，尊張讓、趙忠等為十常侍。民間傳言，靈帝竟説出「張常侍是我父。趙常侍是我母。」之言。以張讓為首的十常侍仗着皇帝寵幸胡作非為，把弄朝政，輕則對百姓勒索錢財、大肆搜刮民脂民膏，重則謀害朝臣，殺害忠良。

十常侍耳目眾多，其首領張讓麾下有特務組織「紫微十四星」，裏面十四名成員全捨棄本名，各取紫微斗數十四主星之一為名。老兵們猜得不錯，帶領他們的正正就是其中的天同、廉貞、巨門三人。

三名十四星步履穩健，一前二後成品字型行走。排在最前的天同身材異常高大，虎背熊腰，在冷風中依然裸露的雙臂，肌肉健壯，如老樹盤筋，比在場所有人均高出起碼兩個頭，他背着一柄身高與自己相若的巨斧，走起路來虎虎生威。廉貞巨門二人均是身材中等，前者腰間懸着一長一短兩柄單刀，臉上有一道顯着的傷疤，後者腰間插着一柄鋼鞭，細眼馬臉，神色兇悍。

一名被稱作小陳的官兵瞄了三人一眼，低聲詢問身旁的同伴道：「老王！既然那三人是十四星，那……四車中的人究竟是誰？」

那老王先是推搪不知，但小陳堅持問下去，老王最後拗不過，壓低聲線回應道：「如果我沒認錯的話，這個人……便是與黃巾賊大戰的盧植將軍！」

小陳渾身一震，驚訝地張大了口，良久說不出話來，隔了許久才顫聲問道：「竟……竟然是盧植將軍！？他不是討伐黃巾有功麼？怎地成了階下囚了？」

「噓！那麼大聲，作死麼！？」老王低聲斥責，然後連忙四處張望一下，生怕被旁邊的人聽到，繼續低聲道：「盧將軍在抗黃巾之時開罪了十常侍，後來常侍稟報天子，說他故意按兵不動怠慢軍心。皇上一聽之下龍顏大怒，所以便撤了盧將軍官職，還打進了大牢。」說到這裏，老王瞄了前方那三名「十四星」一眼，也就不說下去，小陳自然也就識趣，不再說話。

眾人一路無話，再走了約莫兩個時辰，來到洛陽城外一名曰十里鄉的地方。這十里鄉雖名為鄉，但實則乃小鎮規模。進入十里鄉之後再過約莫半日路程便能到達洛陽。天同三人見還有半個時辰便會入黑，此處也已近終點，商議過後決定在此歇宿，明早繼續趕路。

眾人進得鎮來，但見鎮上不但沒有一人，大道兩旁的店鋪更全都上了木板，整個十里鄉直如死鎮一般。三人互視一眼，均自心道：「雖然快要入夜，但也不可能空無一人！」

三人作為張讓私兵，自是能力過人，而且押解盧植事關重大，不得有絲毫差錯。三人心中提高戒備，放緩腳步，領着官兵們在杳無人煙的道上小心翼翼地緩步而行，來到了當地驛站。

天色漸漸入黑，日落西陲，把眾人的身影長長拖曳在地上。來到驛站之後，天同三人見大門緊閉，但不似鎮上其他店鋪，門前並無上了門板，三人相視一眼，心下存疑，均不敢輕舉妄動。

小陳見三人不動，以為他們自恃身份尊貴而不願叫門，他心想若得十四星賞識前途可是無可限量，於是向老王等幾五名官兵打了個眼色，然後眾人從後繞了上來，走到驛站門口大聲呼喝道：「開門！咱們可是要運送犯人到東都的！」

他們喚了幾聲，驛站內仍然沒有人回應，六人互視一眼，便想強行推門而進。但一推之下，竟發現大門極重，似是後面有什麼從後頂住一樣。

眾官兵互相打了個眼色，十二隻手掌一起抵着大門……

天同忽然心中浮出一陣不祥的感覺，大聲喝道：「慢！」

可他終究慢了一步，幾名官兵用力一推！沉重的木門發出輕輕「咔」的一聲。

這一聲，是來自閻王府的喪鐘。

「轟！」

轟然巨響，木門的隙縫中忽然有火舌吐出，瞬間變成一條沖天火龍。驛站立時陷入火海之中，年輕官兵與老王等人全力推門時怎預料到有此結果？他們閃躲不及，頃刻便被火龍吞沒。

「呀！救命啊！」

着火的五六人一時間未死，各自大聲呼救。北風颼颼，與呼救聲混合一起，別有一番淒厲恐怖。

天同三人雖然早就覺得事不尋常，但絕不想到敵人會在驛站佈置如此毒辣的詭計，待醒覺過來之時已經太晚。三人不敢亂動，各自緊握自己的兵刃緊緊盯着四方，隨時準備迎戰。

北風繼續怒吼，但三名十四星的視線範圍內卻沒有出現任何敵人。

呼救聲漸漸落了下來，地上多了數具看不清面目的焦炭。

驛站的火越來越大，漸漸蔓延到旁邊的店鋪。熱浪縱使撲面，但天氣寒冷加上四處陰森可怖，眾人也不覺如何熱了。

剩下來那五六名官兵見奇變頓生，驚惶失措嚷着要立即離開。天同轉頭向眾人怒吼道：「別慌！」他身材高大，面相兇狠，這麼一喝自然有他的威嚴。眾官兵不敢造次，但心裏已驚懼交加，恨不得立即背上長雙翅膀振翅離去。

天同心道：「敵人定是要救盧植，這十里鄉也不知埋藏着多少機關陷阱，還是趁早離去為妙。」一念及此，與廉貞巨門二人低聲商議後，決定立即起行。

眾人不敢作絲毫停留，急步而行。但他們才拐了個彎走出大道，耳畔忽然傳來「颼颼颼颼」四聲破風聲！四支箭矢從旁激射而至，目標正是囚車旁的三名官兵和他們身前的廉貞！

「喝！」廉貞頭還沒轉過來，左手短刀「嗆」的一聲拔出鞘來，把射向他面門的羽箭打落。但他身後那三名官兵則沒有那麼幸運了，但聽慘呼連連，箭矢全部穿胸而過，三名官兵應聲倒地斃命。

「豈有此理！」廉貞怒吼一聲，循着箭矢射來的方向瞧去，見得不遠處似有一人從屋簷下躍了下去，廉貞把右手長刀拔了出來，一邊大喝：「卑鄙鼠輩！休想逃跑！」一邊向該方向急奔而去，頭也不回地向兩名同伴喊道：「我去追！你們先走！」他腳步極快，話還沒說完，人已經消失在剩餘兩人視野之內。

巨門也拔出了鐵鞭，大聲嚷道：「我跟他去！」

天同雖然看上去粗枝大葉，但他在這三人裏面最為心細，拉着巨門的肩膀道：「慢！小心調虎離山之計！」巨門一怔，暗罵自己輕重不分，也不多說，便與天同帶着剩餘的兩名官兵押着盧植離去。

去到鎮口，天同那如銅鈴般的大眼忽然瞪得更大，他舉起右手，身後那兩名押解盧植的官兵一驚，止住腳步。

天同與巨門目視前方，同時取出他們的兵器。

只因一人擋在道前。

來人白衣勝雪，頭髮、口鼻也用白巾覆蓋，只露出一雙眼珠，雙手各持一不過三尺的銀桿短槍，整個人如融入了白雪之中，若非兩名十四星眼利的話，常人恐怕連看也看不到他。

此人凝立在鎮口一動不動，腿旁放着一黑沉沉的包裹，不知何物。

天同心道：「敵人看來不止一人，不知廉貞現在如何？會否遇到不測？」

去到此時，天同心底已感煩躁。紫微十四星為張讓剷除異己，一向均是敵人在明，他們在暗。但這次押解盧植，從進入十里鄉後處處被動，己方損失嚴重，但敵人的實力與數量仍是謎團。這等情況天同從來未遇，想着想着，手心冷汗潸潸流下，心中忐忑不安。

「小心有詐。」

天同低聲提醒巨門。驛站外的機關仍心有餘悸，他不敢對眼前的敵人有任何鬆懈，小心翼翼地迅速望清身旁一切。

道旁的民居。

橫巷的雪堆。

地上的血漬。

天同與巨門合作已久，心意相通，二人打了一個眼色，巨門知道天同會向對方展開攻擊，自己則在原地看守盧植，以防對方援兵伺機搶奪。

正當天同要向前疾沖之際，卻見白衣人右腳一伸，腳旁的那包裹平地飛起，落在他們面前。

天同與巨門的瞳孔瞬間收縮，面上露出驚愕的神色。

那東西，正是廉貞的雙刀！

天同全身一震，連忙向後一望，然後目光重新回到地上屬於廉貞的雙刀上。

難道……只有他一人？

但只有他一人，如何能夠如此迅速把廉貞殺掉，且趕在我們之前來到鎮口？

如果不止一人……

「不用想了，我只有一人。」

白衣人洞悉天同的想法，冷冷地道。

此人説話時聲音咽哽，就似是正説著一件痛心至極的事情一樣。這語調與四周肅殺的氛圍格格不入，天同巨門聽在耳裏也覺異常古怪。但他們未來得及細想，只見敵人擺起一個架式，輕聲説道：「你們非我之敵，放下兵器投降罷，我保你二人一命便是。」

天同與巨門同時「呸」了一聲，齊聲喝罵道：「鼠輩！俺們十四星從不投降，你若是知趣立即束手就擒，否則待會要你好看！」

白衣人默然半晌，然後輕輕嘆了口氣，再一字一字地道：

「那不要怪我了，納命來吧。」

壹

陽在下也

冷月斜掛半空，似在訕笑這異常傾頹的大漢皇朝。

盛傳漢靈帝不理政事，終日沉溺酒色之中，洛陽城外的西苑便是他最愛休憩玩樂之處。

西苑內最大一間別館思賢殿，正是靈帝就寢之處。殿內地板以琉璃鋪成，柱樑用百年老木所製，所有家具皆是黃金所鑄，金架上也擺滿各地貢品，沒有帝皇居所應有之威嚴，反是浮誇奢華，俗不可耐。

此刻已是寅末卯初，夜幕已盡，天色開始泛出魚肚白。

忽然，思賢殿內傳出一聲若有若無，既似悲傷，又顯鬱結的歎息。

一名老太監領着數名衛士沿着走廊殺氣騰騰地走來。老太監來到館前，左右開弓「啪啪」兩掌摑在館前守夜的衛士臉上，尖聲道：「開門！」

那兩名衛士面面相覷，不知如何得罪了眼前這位大人物，驚得二人不敢說話，立即慌張地推開大門。

老太監冷哼一聲，徑直走進思賢殿。但見睡在床上的漢靈帝劉宏用他那因長期浸淫在酒色之中而變得虛弱無力、沙啞無比的聲音道：「張……張常侍半夜造訪，難道是有急事請奏？」他雖只說了一句話，卻像是費盡力氣說出來一般，話聲剛落，一陣中人欲嘔的酒氣登時彌漫在空氣當中。

這老太監不是別人，正正便是權傾朝野的十常侍張讓，他用兩道冰冷的目光直接射向劉宏，道：「皇上，卯時已至，又如何稱作夜半？」

劉宏費盡全身力氣，從床上半坐而起，但如此簡單的動作足以讓他氣喘如牛，滿額大汗。劉宏呼了口長氣，舉袖抹去額上汗水，苦笑道：「只是卯時，那仍早得很，平時此刻朕尚在睡夢之中呢。」

張讓冷冷地道：「皇上，為君者應勤政愛民。皇上可知道此刻天災連連，黃巾之亂雖然平息，但餘黨依然四處作惡。皇上，你實應減少貪圖享樂，多費心思在國事之上啊。」

聽到張讓的話，劉宏嘴角似笑非笑地牽動了一下，然後用他那深深陷入眼窩的雙眸看着張讓道：「國事繁瑣，既有張常侍替朕分憂，朕又何須多費心思？」

張讓接過靈帝目光，冷笑道：「食君之祿，忠君之事。此乃臣份內之事。」

「哈哈哈……對……對極……咳咳咳……這些年來，辛苦常侍了。」劉宏一邊掩嘴咳嗽，一邊說道。

「臣確是辛苦了，皇上登基以來，不但天降災禍，又有黃巾賊亂，朝中更是滿佈佞臣。老臣一片丹心，自要為皇上分憂。既要想辦法賑災安撫百姓，又要對付黃巾亂黨，更要應付諸如竇武、陳蕃等讒臣，叫老臣如何不累？」

聽到此話，本來一直微笑的劉宏忽然臉色一僵，那泛黃的雙眼如刀鋒般直指張讓，掩着嘴巴輕輕咳嗽兩聲，沒有答話。他本來渾身酒氣，加上身體疲弱，半無帝皇氣概，但就這麼一盯，渾身上下竟自然流露出陣陣皇者威嚴。

只是空有威嚴，卻無力量支持，也是無用。

張讓見狀也是冷笑兩聲，他向前踏出兩步，問道：「難道說，皇上不認同老臣之言？」

見得劉宏沒有回答，張讓繼續冷笑道：

「漢室傾頹，全因外戚專政，世人只怪我等內臣，這等屈辱老臣忍了便是。只是老臣常想，若非當日竇武性急，要馬上動手誅殺老臣，也不會被臣將計就計，如此所謂的黨錮之禍也不會發生。皇上啊皇上，你每想起此事，想必也會感歎錯信佞臣，有眼無珠。」張讓微微一頓，一字一字地問：「老臣，說得可對？」

提及此事，劉宏再也難以忍耐，冷冷一笑，道：「對啊。朕一向有眼無珠，錯信他人。」張讓露出得意的神色，正要說話之際，劉宏卻先問道：「不知張常侍有否聽過一事？朕聽到此事後，當真覺得要好好反省啊！」

張讓「哦？」了一聲，問道：「皇上所說何事？」

劉宏微微一笑，道：「民間總說朕昏庸之極，有眼無珠，認賊作父啊。」

民間流傳皇帝說「張常侍是我父」之言，其實乃張讓所作之謠，目的乃是在朝野上下塑造皇帝的昏君形象，有利於自己掌權。劉宏此刻以此語諷張讓，後者勃然大怒，他強忍怒氣盯視靈帝良久，緩緩地道：「學而不思則罔，思而不學則殆。皇上為何有眼無珠，該好好檢討啊。」

劉宏咳了兩聲，道：「對，朕該好好檢討。一個黨錮之禍，害死我大漢多少忠義之士。」

「皇上，你錯了，他們……」張讓向前踏上一步，道：「是讒臣，是奸臣。」

劉宏看着張讓，隔了一會，乾笑兩聲，伸手拍了拍自己腦袋，又咳嗽了兩聲，笑道：「對對對，張常侍說得沒錯。朕差點忘了。」

張讓也是乾笑兩聲，道：「皇上忘了並不打緊，老臣會不時提醒皇上誰是奸黨。」說到這裏，張讓收回他那逼人的目光，道：「奸臣殺之不盡，最近又有一個特別麻煩，臣想問問皇上，可有頭緒？」

「哦？竟然麻煩得連張常侍也對付不了？這奸臣著實厲害得很吶！」劉宏臉上露出了戲謔的笑容，他想大笑，卻立即咳嗽連連。

「厲害倒不見得，只是行事偷偷摸摸，見不得光。」張讓把玩了一下披在腦後的白髮，目光漸漸變得冰冷，狠狠說道：「此人先把證實皇甫嵩串通黃巾的證據毀滅，日前又把欽犯盧植救了出來，皇上，你說他可不可惡？」

劉宏大笑，道：「什麼？皇甫嵩串通黃巾？證據居然被毀滅了？哈哈哈，確實可惡，可惡至極。」

張讓強忍怒氣道：「皇甫嵩與盧植死不足惜，這次只是走運。臣終有一日會讓他們人頭落地。」

「是嗎？哈哈！咳咳咳！」

張讓不理劉宏的嘲諷，冷聲道：「那人雖然壞了老臣兩次大事，但身手也見不得好得哪去。」他一邊説着，一邊從懷中取出一枚玉佩。這玉佩通體遍綠，晶瑩剔透，玉佩一面用金箔描上一「宏」字，另外一面則用金箔描上一條五爪金龍。

劉宏見到此物，神情一肅。

然後，咳了一聲。

靈帝的表情張讓看在眼裏，他一邊把玩着玉佩，一邊冷笑道：「他劫走盧植之時竟遺下此物。若臣無記錯，此物乃皇上所有，臣説得沒錯吧？」

劉宏看着張讓手上的玉佩一言不發，表情也從漸漸變得肅然起來。

看着劉宏的目光，張讓邊冷笑邊把玉佩收回懷中，施施然地説道：「老臣此來，只為詢問皇上對這奸賊可有頭緒。敢問皇上，此人與皇上有何關係？還是他本身就是一個漢室宗親？」

劉宏輕咳數聲，目光依然緊緊盯着張讓，沒有回答半句。

張讓輕輕敲了敲自己的腦袋，笑道：「看，老臣當真糊塗了。皇上怎會跟這些亂臣賊子有所關聯？」說到這裏，張讓作躬道：「臣向皇上承諾，下次晉見皇上之時，定把這奸賊的頭顱雙手奉上。」

看到劉宏面如玄壇，緊抓著被子的雙手微微打顫，張讓得瑟一笑，正要轉身離開，忽爾轉頭對着劉宏戲謔笑道：「這鼠輩……臣該怎樣稱呼他好呢？行事偷偷摸摸，就叫……」他邊說邊回過身去，左手輕輕敲打着腦門，裝作竭力思索。

此刻，劉宏臉上露出各種複雜的神色，但只在他臉上維持了片刻，立即便被堅定無疑的神情取代。

「朕一直喚他作——潛龍。」

張讓霍然轉頭看着劉宏，而劉宏也毫不畏懼地直視對方雙目。

「哈哈哈，有趣。」過了良久，張讓乾笑幾聲，咬牙切齒地道：「臣倒有興致，看看到底是這潛龍道高一尺，還是臣……」

「魔高一丈。」

言罷，張讓再次朗聲大笑。

那尖鋭得讓人心悸的笑聲，在西苑中徘徊不休。

亦為接下來的鬥爭，畫上一個開端。

＊＊＊

翌日，北風驟然停下，雪也止了。和風細送，明媚的陽光穿透重重雲層，直射到洛陽城張讓府邸內。張讓的府邸規模浩大，內裏庭院林立，亭台樓閣無一不缺，直如一小行宮。東院是「紫微十四星」的住所，十四塊大圓石呈半圓形端放在院內涼亭前的空地上。

此時，十四塊大石上只有六名十四星盤腿而坐，他們的目光不約而同地望向前方的廂房內。

這廂房是十四星的會議室，窗戶垂著厚厚的簾布，使得丁點陽光也透不進房內。內裏裝潢簡潔，只有一張圓桌置於中央。桌上點著一盞油燈，忽明忽暗的火光閃爍不定，使得房內氣氛更為陰森。

房間內有五人，均是十四星中的高層，站在上首的乃首領紫微，他身長八尺，一雙如黑寶石般的眸子鑲嵌在白皙而輪廓分明的臉上。紫微五官幾乎完美，相貌極是英俊，只是那雙眼睛卻是冷冰冰的，使得整個人透露出一種孤高冷傲的氣質。

紫微道：「天同等三位兄弟押送盧植，卻被奸賊所害，這事大家都知道了。」他語調平和，但聽上去卻是冷冰冰的似不帶感情，他的嘴角雖在微笑，卻難以掩蓋那拒人千里之外的冷漠。他頓了頓，續道：「連同之前救了皇甫嵩，劫走了從黃巾奪來的物資，都是同一人。」

紫微從懷中取出劉宏玉佩放於桌上，隨即，一名頰下留有長鬚的方面儒生取起細細端詳，此人名為天機，是十四星中的智囊，負責每一次任務的統籌，他看了一會，道：「劉宏的隨身玉佩！」

劉宏乃靈帝之本名，十四星跟隨張讓，對皇帝極是輕視，普天之下除十常侍外相信也只有他們敢直呼皇帝本名了。

紫微點頭道：「當日我們集合，見三名兄弟逾時不至，我當時帶著破軍、七殺、天陰前去查探。去到十里鄉時，立即便發現了天同與巨門兄弟的屍首，仔細查探下，也發現了廉貞兄弟的屍首。而這玉佩，端端正正地放了在巨門兄弟的屍體上。」

「放在屍體上？那顯然是故意示威的了。」天機一邊說，一邊望向身旁另一名中等身材，相貌粗獷的男子。這人正是紫微適才提到的七殺，他眼中閃過一抹哀色，隨即點頭道：「對。」

紫微道：「主公自然怒不可遏，立時便找了劉宏對質。平日劉宏沉迷酒色，對主公恭恭敬敬，豈知他這次一反常態，竟敢正面頂撞，更直認不諱，説他一直喚此人為『潛龍』，可見劉宏一早便知有此人存在。」

「嘿，瞧這皇帝老兒，都時日無多了還想奪權，真不自量力。」説話人聲音尖鋭刺耳，如金屬磨擦聲一樣令人渾身打抖，這人名曰貪狼，他面相奇特，頭窄臉長，左眼高右眼低，偏偏高的眼細，低的眼大，鷹鉤鼻幾乎佔據了整張臉的一半，雙頰深深陷了下去，嘴巴極大，兩邊嘴角幾近去到耳垂，整張臉如同怪物一般，難看得讓人看了一眼絕不會再看第二眼。

紫微嘴角牽起一絲微笑，道：「劉宏身子已如風中殘燭，今時今日竟還有勇氣反撲，當真意想不到。説回這潛龍也不能不防，能把咱們十四星中的三名先鋒殺死，若非使了什麼陰險手段的話，他武功著實厲害得很。」

「呵呵，現在應該稱作十一星了吧？」貪狼張嘴譏笑，身旁的七殺一聽，立時雙目圓瞪，惡狠狠地瞪住貪狼。後者迎向對方目光，以那難聽的聲音笑道：「怎麼了？七殺小弟如此看著你哥哥我？難道説是有所不滿？」

「巨門三名兄弟曾與我們出生入死，貪狼你的説話未免過分了。」七殺

聲綫洪厚有勁，與貪狼的刺耳難聽、紫微的冷淡如冰截然不同。

貪狼再冷冷一笑，道：「一個反口覆舌的叛軍之將説出此話，倒真讓貪狼汗顏。」

「你説什麼？」

「我在説有人出身黃巾，卻轉眼投身敵軍，嘿，七殺老弟，你平日開口義氣閉口義氣，可曾想過你如今可對得起黃巾的兄弟們？」

七殺登時大怒，他伸手一拍桌子，然後右手按在腰間佩劍上，貪狼也立即把手放在兵器上面，瞪著七殺道：「來啊，想動手嗎？」正當現場氣氛劍拔弩張之際，站在兩人中間的紫微道：「別吵。」

紫微一説，二人都不敢造次，七殺繼續緊盯著貪狼，後者則只陰惻惻地一笑，不知心裏盤算着什麼。紫微説道：「三名死去的兄弟，永遠都是十四星的成員。」説着眼光飄向貪狼，後者目光與紫微一接，立即低下頭去。紫微道：「剛剛想起一事，劉宏早知有潛龍存在，潛龍擁有劉宏玉佩，證明二人早有接觸。可是劉宏長期沉浸在酒色之中，按理來説絕無精力籌備此事。太陰，你安排在他身邊的歌妓婢女可曾發現不妥？比方説曾經接觸過什麼人？」

一把嫵媚的聲音響起，説話之人乃十四星中唯一的女子，名為太陰。太陰膚色白皙勝雪，瓜子臉，眼波盈盈，嘴角間似笑非笑，神態撩人。她搖頭道：「沒有，劉宏每天都酒池肉林，身邊的人都是我安排的婢女，從來沒有接觸其他人。」

「這就奇怪了。」紫微沉吟半晌，問七殺道：「七殺，你覺得如何？」

七殺想了想，答道：「潛龍或許只有一人，但指示他的，應該不止一人。這玉佩乃劉宏隨身物件，絕不可能隨便交托別人。潛龍雖替劉宏辦事，但未必就是直接聽命於他。」他見紫微點頭，續道：「真正協助劉宏奪權的，是朝中某人。救盧植時因為需要他的信物，所以才把玉佩交到潛龍手中。如此説來，我們的敵人不止是劉宏和潛龍，還有潛龍的幕後主使。」

紫微點頭道：「主公的意思也是如此，現在朝中與大人勢成水火的何進和張拓都有可能是幕後主使之人，最壞的打算，是二人早已連成一線。」

貪狼嘻嘻一笑，道：「既然如此，我們直接把他們或者劉宏殺掉，主公另立新君，豈不方便？何必大費周章找那摸不着邊際的潛龍？」

紫微面無表情地斜眼看了看對方，貪狼一怔，立馬收起了笑臉。紫微淡淡然地道：「劉宏一死，繼位的便是何皇后所出的皇子劉辯，如此一來，反倒是幫了何進一把。若主公要廢了劉辯另立新君，何進必定立即造反了。說回來，這屠夫手握重兵，不能隨意對他動手，倒是張拓這區區羽林軍首領……」說到這裏，便止住了話語，雙目倏然一瞪，綻露出一陣森寒殺意。

紫微話畢，眾人互視一眼，齊聲道：「紫微大哥，下命令吧！」

「天府、天機，你倆去西苑監視劉宏。七殺，你領著太陽、天相暗中監視調查何進一舉一動，但凡有任何消息，立即回報！」

紫微望向貪狼，道：「貪狼率領天梁、武曲，務必儘快把張拓殺死。」他冷峻的臉孔牽起一絲神秘的微笑，隨即神色變得凝重，一字一字地道：「我和破軍隨時接應你們，太陰留在這裏策應。去吧。就把這些亂臣賊子一個不漏的，全都幹掉！」

貪狼七殺領命後相繼離去，紫微仍待在房內，望著桌上的劉姓玉佩怔怔出神。此刻，他竟看上去再無適才的冰冷。他手指輕輕敲打著桌面，過了良久，他才喚道：「進來吧。」

一人推門而進站在紫微面前，這人禿著頭，身材極高極瘦，比紫微還要高上一個頭，臉頰深深陷了下去，活像一個骷髏一般，正是十四星中的破軍。

「七殺背景複雜，貪狼奸詐狡猾，天機計劃路程……你……怎麼看？」

面對紫微的問題，破軍沒有回答，他是個啞巴，雖然說不出話，但卻聽得清楚。破軍走到案前，手指在桌上敲打出特定節奏，待他敲完之後，紫微點了點頭，道：「我也覺得是他，所以才有此安排。」

紫微之後還說了許多話，雖然每句都似詢問破軍，但實則卻是自己整理思緒。破軍清楚首領的能力和性格，於是雙手負後，眼觀鼻鼻觀心地站在一旁，聽著紫微那似是詢問著他的自言自語。

過了不知多久，紫微也靜了下來，油燈燃盡，燈火驟滅。

「你準備好了嗎？」

黑暗之中，紫微忽然沒頭沒腦地如此問了一句，破軍卻如洞悉對方心思一般的點頭回應。紫微也不知有沒有看到破軍的回應，冰冷的他此刻竟露出由心底發出的笑容，喜不自禁地搓了搓手掌。他認得大門方向，徑直走上前一推，大門「啪」的應聲推開。

明媚的陽光從大門射進房內，把紫微的影子在地上拖得長長。紫微舉起右手擋在眼前，看著從指縫灑下的每道光線，既是自言自語，又是向破軍下令的道：

「那，我們開始吧。」

貳 見龍在田

三更已至，洛陽城內外一片寂靜，天色已晚，城中萬千燈火已盡數熄滅，只有夜鷹偶爾傳來啼鳴之聲，還有剛剛傳來的打更呼喊聲。

「咚……咚咚……」

敲打著既定的節奏，打更的聲音從遠處隨風飄進張讓的府邸之中。府邸的大堂外，四個方向的地上都放了明亮亮三排火炬，每排火炬相距約莫一步距離，這些火把加起來也有百來支，把大堂外照得如同白晝。每排火炬之間均站著一排護衛，最外層也佈了數十人，防衛森嚴。

大堂內，張讓坐在正中，數十名帶刀侍衛站在身後。

紫微神色恭敬地站在原地，低著頭稟報探查潛龍一事的進展。

自那夜與劉宏對質，至今已餘半月，這些日子裏劉宏心情大好，在西苑裏肆意作樂；何進密密與其黨羽會面，不時討論潛龍之事，但說的都不是什麼新消息；至於張拓府內守衛森嚴，本人更是足不出戶，使得貪狼在這半月裏完全找不到機會下手。

張讓聽畢，沉吟道：「如此看來，一開始要殺張拓果然沒錯，他倒是嫌疑最大。」

「難道大人不是因為張拓嫌疑大，所以才要屬下把他殺死嗎？」

張讓搖了搖頭，自言自語的不知說著什麼，紫微見此亦不作多言。過了一會，張讓長長舒口氣，問道：「紫微啊，本官另外交托你辦的事，進展如何？」

紫微低頭半晌，答道：「押送盧植一事的細節只有大人與十四星知曉。所以，潛龍必定在十四星之中。」

張讓冷冷一笑，眼望遠處道：「何進張拓，以為放個人到我身邊就能得逞？門也沒有！」言罷，張讓長身而起，走到紫微跟前，道：「你認為誰有嫌疑？」

紫微想也不用多想，立即答道：「七殺、貪狼，」

「貪狼……七殺……」張讓故意拉長聲音，說到最後神色越來越是冰冷，幾近一字一字從齒間吐出的問道：「還有呢？」

紫微抬頭看著張讓，神色依然冷漠，沒有起伏，沒有驚恐，語調一貫平淡地回答：「還有屬下。」

二人對望片刻，張讓哈哈大笑，伸手搭著紫微肩膀，道：「你若是潛龍，我早已人頭不保。」

他回過身，走回自己的位子坐下，道：「貪狼這傢伙原是蹇碩的食客，蹇碩口上奉承我，心裏也巴不得我死吧。協助劉宏、何進、張拓奪權，也並非說不過去。至於七殺，表面上倒是忠心耿耿，但終究乃黃巾叛將，背景實在複雜得很。紫微，七殺本姓為何？」

「七殺本姓張，黃巾軍潁川孫夏手下，孫夏覆滅後回到張角所在的廣宗。後來黃巾軍與盧植軍交戰，適逢屬下混入盧植軍散播謠言，黃巾派出七殺刺殺盧植。當時盧植身邊有兩名馬弓手武藝驚人，七殺失手被擒。屬下見這人武功不俗，於是出手相救，把他納入十四星中。」

聽著紫微敍說前事，張讓皺著眉頭沉思，右手食指有規律地輕輕敲打腦袋。紫微站在一旁不敢打擾，過了良久，張讓擺擺手，道：「你先退下吧。當務之急還是先想辦法把張拓解決掉。」

「是。」

紫微離開張府，獨自在杳無燈火的大道上走，四周燈火俱滅，只剩下皎潔的彎月投射出絲絲似有還無的月色為紫微引路。

他沿著大道走，忽然天上響起了一陣悶雷。紫微看了看漆黑的夜空，但見遠方忽然飄來一塊厚重的雲層，把那僅餘的彎月遮蓋。沒有月色的映照，本已漆黑的四周更是伸手不見五指。

此時，天空倏地閃爍一道藍白色的電光，讓四周的景色清晰了那麼一個剎那，待電光閃過之後，低沉的雷聲如擂鼓般慢慢響起，似是歡迎紫微又再回到黑暗一樣。

所謂春雷乍響，上一刻還是天清氣朗，這一刻已是雷鳴電閃。天色的驟變讓紫微不禁止住了腳步。

悶雷聲不絕於耳，與此同時，雨點漸漸灑落。

不消片刻，雨勢漸大，由濛濛細雨，變成滂沱大雨。

但紫微還是紋絲不動，他甚至閉上雙眼，任由雨點打落他英俊的臉龐之上。

「嘩啦嘩啦……」

雨點打落石板地上，發出獨特的聲韻，配合偶爾響起的雷聲，形成只有大自然才能奏出的樂章。

但無論雨聲也好、雷響也好，任何細小的聲音也瞞不過紫微的雙耳。

「！」

天上電光閃動，一道長長的電光在夜空中閃過，頃刻間把四周環境照得如同白晝。就在電光熄滅的一刻，一道黑影從大道旁的小巷激射而出。雷聲響起的同時，來人已經揮動著手上的單刀向紫微猛劈過去！

這人動作極快，雷聲還沒落下之際已經撲到紫微面前，手上單刀的刃口已距離紫微脖子不足數寸！

雷聲漸落，第二道電光又再閃起。

閃耀的光線照射著大道上站著的二人。

紫微依然閉著雙目，但不知何時已拔劍在手。

對方依然保持向前俯衝的姿勢，手上的單刀依然距離紫微的脖子不足數寸，但紫微深知，那柄刀不可能再向前進得半分。

「轟隆！」

雷聲響起，偷襲紫微那人隨著雷聲向前轟然仆倒，鮮紅的血液不斷從他的咽喉處流出。

到了此刻，紫微才緩緩睜開雙眼。

「轟隆！」

雷聲再次響起，五道黑影同時從小巷裏激射而出，向紫微猛撲過來！

烏雲蓋頂，彎月也躲藏在厚重的雲層之中。黑暗的大街上根本不能視物，饒是如此，紫微還是在滂沱大雨中聽出五人的方位。

作為十四星之首，紫微武功乃十四人之冠，此刻遭受圍攻依然不慌不忙，左腳一挑，地上的那具屍首被他挑起，向著左邊兩人飛去！

左首二人想不到紫微有此一著，立即就被同伴飛過來的屍首略略阻擋了步伐。

紫微阻緩了左首二人，右腿隨即向前一邁，迎向從右首來的二人。他手中長劍一抖，在黑暗之中長劍如同幻化出五道閃電，由左至右向五人攻去！

這些人早就聽聞紫微武功高強，但也想不到對方在如此漆黑的環境之中認位也是如此準確，齊聲「哦！」了一聲。待他們反應過來之時，紫微的長劍已經攻到面前，他們不及細想，立時舉起手中的兵刃擋格。

「鐺鐺鐺鐺鐺！」

兵刃相交聲響起，那五人暗道紫微的攻勢必定陸續有來，正當他們要再度擋格之際，卻發現紫微沒有追擊，而是向後一躍，回到原位！

那五人被紫微一陣攻勢止住了腳步。站在正中的那名黑衣人道：「真不愧是紫微十四星之首！」這人聲音沙啞，似是年紀甚大。

紫微冷冷一笑，沒有回答。

對著想殺他的人，說一句話也是多餘。

剛剛紫微一輪疾攻，實為試探。透過適才短暫的交鋒，他已得知來者五人所用兵器各不相同。左首二人分別使用雙戟和單刀，右首二人則是大錘和長槍，最後一人也是唯一能夠避開他長劍一擊的人，也就是說話的老者，則是用鐵甲拳套。

「只可惜，你今日要命喪於此。」老者語聲剛落，與四人同時再次向紫微展開攻勢。

五人攻來的方位配合得絲絲入扣，幾是毫無破綻。

紫微尚未找到對方破綻，右腳一蹬，大鵬展翅式的向後掠開，避過五人攻勢。

殺手們默契十足，落地之際持雙戟的站在最前，腳一觸地便挺戟向紫微胸口猛刺過去。與此同時，持單刀的高高躍起，半空中橫刀削向紫微腦門。

雖然紫微目不視物，但他憑藉風聲，於對方方位掌握得絲毫無誤，他長劍由下往上一圈，不偏不倚正好格著雙戟！

持雙戟的只覺手中傳來一道巨力，他立時運勁抵抗，豈知一運之下，竟覺雙手不受自己控制，自自然然地順著對方劍勢向上升去，「鐺」的一聲把同伴削向紫微的單刀格開！

此刻，持雙戟的中門大開，紫微自然不放過這機會，長劍一挺，立馬便要在對方胸口開個劍洞之際，但聽「鐺」的一聲響，一件兵器在千鈞一髮之間擋住了長劍，救了持雙戟的性命！

雖然看不見，但持劍的手虎口一震，顯然對方手上持著的是重型兵器，紫微立時知道擋開自己這記殺招的，必是那持大錘的無疑！

「呼！」

兩邊傳來勁風聲，紫微知道是持長槍與那老者正從左右夾擊自己，他也不急著追擊，向後一閃，避開長槍與老者的攻勢。他這一退，勁風隨即撲面而來，原來是持大錘的追擊過來，而持單刀的與持雙戟的也從後追上，以稍慢於長槍的速度向紫微展開攻勢。

這五人其實沒有一個是紫微的對手，他們全靠精密的配合彌補個人功力不足，五人步法之準確，攻勢落點之狠辣，使十四星之首雖不至十分狼狽，但也要接連後退。

紫微堪堪避過攻勢，五人下一輪攻勢又至，五樣兵器，各以不同的角度向紫微攻去！

但這一次，紫微再也沒有後退。只因他已想到破敵良策。

紫微以左腳為軸心微微蹲下，半轉下右腳一掃，地上的雨水帶著勁風向五人激濺過去！

五人冷笑一聲，各自心道：「這等小把戲豈能阻我！」他們心思一樣，運勁於手上的兵刃，幾是用盡全力向紫微劈去。但五人兵刃去到一半，各自察覺不妥，立時止住攻勢，把手中的兵刃在身前舞動成圈。只聽「鐺鐺鐺」數聲，數枚飛鏢被他們擊落在地。

原來剛才紫微掃出雨水，只為擾亂五人，實則他身體旋轉之際，手中早已扣了五枚飛鏢，待雨水潑出的同時擲出暗器，利用濺出的雨水掩蓋飛鏢的去勢。

但紫微顯然並不寄望這幾枚飛鏢能夠擊殺眼前之人，他為的，就是他們共同擋格的一刻。

雨聲，為掩蓋飛鏢；

飛鏢，為掩蓋長劍。

左手揮出飛鏢的同時，紫微動了。

五人各自把飛鏢擋開，正要發招追擊，紫微已與他們只有半步之遙。

老者大喝道：「當心！」

「嗤！」

老者雖然反應甚快，但紫微的劍來得更快！老者話聲未落，持雙戟的喉頭已被紫微手中長劍貫穿。

到此時，其餘三人方反應過來。

晚了。

紫微刺破持雙戟的喉頭之後，順勢抽出長劍，身影原地一轉，長劍順著轉動去勢向老者划去，這一下乾脆俐落，老者的武功雖然是五人中最高，但也差點反應不來，他感到罡風襲來，連忙舉起雙手在咽喉上一擋，千鈞一髮之際避開了咽喉被割的命運。

「鐺！」

老者一擋，紫微雙目一瞪，黑夜之中綻射出光芒。

紫微手上用力一推，老者驚呼一聲，往後退開。

持長槍的也反應過來，他聽到同伴遇害，老者又是大聲驚呼，急怒之下也不及等待老者指示重整隊形，挺槍向紫微戳去。

忽然，天空又再閃出一道電光，把四周照得如同白晝。

紫微避過長槍攻勢，長劍向前搭在槍桿之上，然後順著槍桿向下急削。這一下迅若奔雷，持長槍的根本來不及反應，電光還沒消散之際，他雙手拇指已被紫微的長劍削下！但他極是硬朗，雖然痛極，但依然利用剩餘的手指緊緊握住槍桿，利用蠻力把紫微的長劍格開。

持大鍾聽得同伴勢危，情急下邁著大步怒奔，手上大鍾向紫微後背砸去！

紫微左手向前拿住了槍桿，運勁一抽，那持長槍的缺了兩隻拇指，槍桿早就握得不緊，兵器便被紫微輕鬆奪了過去。紫微搶過長槍，看也不看，用力向後一擲！

持大鍾的這一擊用盡全力，已無可能半途變招，紫微這一擲又是毫無先兆，長槍立時貫穿持大鍾的胸膛！他臨死之際，手中大鍾脫手飛出，依然向著紫微砸去，而他則整個人向後疾飛，連人帶槍「嗆」的一聲釘在一間民房的牆壁之上！

紫微左手擲過長槍之後，順勢拉著持長槍的衣領向後一拖，但聽「嘭！」的一聲巨響，大錘擊中他的後心，持長槍登時胸骨盡碎，立時斃命！而紫微手下不停，這邊廂用持槍的身軀擋下大錘，那邊廂右手長劍已貫穿持單刀的胸膛！

「好傢伙！」

頃刻之間，所有同伴已經死盡殆絕，老者勃然大怒，猛向紫微撲去。後者向後一掠，避開前者的撲擊。

「轟隆！」

雷聲響起，紫微與老者在漆黑的大道上對峙著，除了被釘在牆壁的那人之外，其餘三人直到此刻方倒了下來，「啪！」的一聲摔在水窪之中，成為三具冰冷的屍體。

這段過程説來很長，但只是眨眼間發生之事。就在電閃雷鳴之際，紫微已把四名敵人解決。從掃水、擲鏢、削指，到擲槍、殺敵，看上去紫微似是輕描淡寫，舉重若輕，但其實已是使盡渾身解數。

紫微還沒回過氣來，老者已再次奔到他的面前，一陣凜烈勁風向他撲面而來。

紫微冷冷一笑，側身一讓，避開老者的進擊，長劍一抖，幻化出數道寒光，疾點老者雙臂、雙膝四個地方，卻見老者不避不讓，只聽「鐺鐺」聲響，紫微的長劍全被彈了回來。

「哼！」紫微此刻知道對方全身都穿了護甲，暗想：「你護得了其他地方，咽喉面門總護不了吧？」心中想罷，避開老者連續兩個攻勢，長劍由下往上的向對方咽喉削去。

老者心中冷笑一聲，暗道：「雖說是十四星之首，但仍是太嫩了！」原來他這個破綻乃故意賣弄出來引紫微上當。此時，他舉臂在喉前一擋，「鐺！」的一聲把紫微的長劍擋個正著。

紫微一愣，正要收招之際，老者五指成抓，徒手硬生生抓住了長劍的劍鋒！紫微立時便要用力回奪，就在此時，老者左手用力抓緊長劍，右拳從右至左橫臂一掃，對準紫微的太陽穴擊去！

距離已近，紫微只能低頭閃躲。

老者拳腳功夫了得，此刻更是打得順風，右拳剛剛擊空，左腳用力一蹬，右膝便向紫微飛撞過去。紫微剛剛低頭避開老者的鞭拳，卻想不到對方的飛膝立即便攻到面前，他知道對方膝蓋穿了護甲，若給他撞個正著，實是必死無疑。

紫微左手手心往老者的右膝上按去，要知道老者這一撞力度強橫，若手心用力抵抗，紫微腕骨必斷，但他在柔勁上的造詣非同少可，這一按力度掌握得絲毫無誤，反而借著對方膝撞的衝力向後掠了開去。

老者他左手本來緊緊抓著紫微的長劍，但此刻紫微乘著他膝撞的力量後躍，老者自知長劍勢必會脱手而去。他把心一橫，趁紫微還沒遠去，長劍尚在自己手中之際，雙手一絞，「咔嚓」一聲把長劍折成兩截。待紫微後躍拉開距離之時，手中只剩下半截長劍了。

老者武功本來就低於紫微，只是乘著一個機會佔得上風，他經驗老到，見紫微遠去，亦不追擊，只在原地擺了一個防守架勢，以靜制動。

「轟隆！」

電閃雷鳴，把大道照得如同白晝。

紫微舉起手中斷劍，雙腿形成弓步，一副蓄勢待發的架式。

二人在雨中對峙了一會，一直沒有説話的紫微忽然問道：「你們是張拓手下？何進手下？還是……」

「張讓手下？」

老者沉默不答，過了一會才道：「將死之人，知道那麼多來幹嘛？」

紫微冷笑道：「明知不是我的對手，依然要戰，若非你是傻子，那就是你失敗回去也是死路一條。以此推斷，你們幕後主使也昭然若揭了。」

老者大喝一聲，打斷了紫微，怒道：「多說無益！紫微！受死！」言罷，他邁著大步，又再向紫微猛攻過去。

他右拳直直轟出，向著紫微的胸口打去。但其實這一招實是虛招，真正的殺著，在右拳轟出之後的左掌。

只是，他這左掌，永遠沒有機會擊出。

就在老者轟出右拳之際，一道勁風忽然從下方激射而至，直直插進了老者的咽喉。

老者中招，雙腿一軟，立時便跪在地上。他只覺一柄冷冰冰的兵刃指著自己額頭。他往自己的咽喉摸了一摸，那殺他的兵器，

正是紫微手上的半截斷劍。

他心中浮現出無數個問號，他喉頭發出「喝喝」的聲音，似是作出最後的提問。

「想知道為什麼嗎？」紫微説道。

「吼吼……」

「一開始的閃電，讓我知道了你們的身份，還有弱點。若你來生還是當殺手，記得千萬別當一個瞎的殺手。

斷劍我一早就輕輕放在地上，沒有作出一絲聲響。待你攻到之時，我只輕輕一挑。明白了嗎？」

老者臉上露出不忿，那神情就似是在説「你若不用這種下三濫的招數，絕對贏不了我」一樣。

紫微冷冷地看著老者躺在地上抽搐，喉頭發出絕望的呻吟，待對方一動不動後，他才以只有自己才聽到的聲線低語三字：

「蝠臨門。」

雷仍在響，

電仍在閃，

雨仍在下，

只有殺戮，短暫地停下了。

紫微冷冷地看了看地上老者的屍體，帶著冷漠的神情，離開這條修羅道。

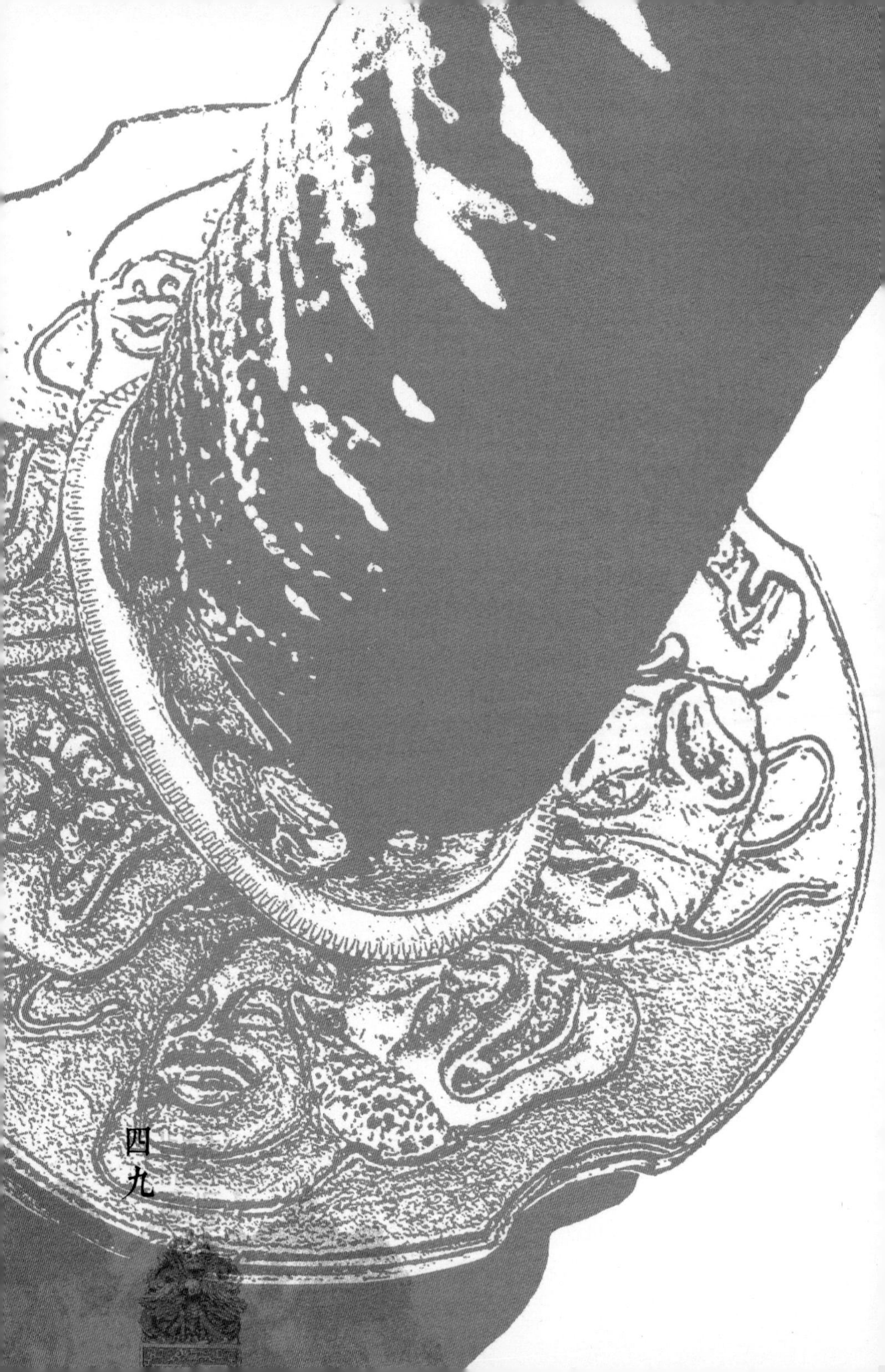

叁 利見大人

雨點滴滴答答重重落地，雨簾密密麻麻形成一張天然幕帳，洛陽城內一座宏偉府邸，守在門口的門衛被這突如其來的大雨弄得手忙腳亂，絲毫沒有注意到一道黑影在東門閃過，迅速沒入旁邊的暗角之中。

黑影的主人中等身高，四肢粗壯健碩，身上那黑色緊身衣讓他肌肉的紋理表露無遺，正是七殺。他戴了一個黑色頭罩，只露出眼鼻，露出的肌膚也用炭灰塗得漆黑。

他的腳步雖然又大又快，但在大雨滂沱下依然沒有發出一點聲響，整個人和這雨夜融為一體，只剩餘那雙亮如流星的雙眸偶爾閃出光芒。

這座府邸是何進的大將軍府。

七殺半蹲在外牆的暗角，上半身盡量壓下，就像一隻黑色野貓一般，把他整個身軀隱藏在黑暗之中。他貼著牆壁走到一暗角處，這暗角處他已多次查探，得知此處沒人看守，於是想也不想，縱身躍起翻過高牆，悄無聲息地潛了進去。

紫微安排七殺、太陽、天相三人一組監視何進，三日來毫無音信，今夜七殺決定自己和天相潛入何府，看看能否找到有任何蛛絲馬跡，而擅長衝鋒殺敵的太陽則留在府外接應。

七殺翻過牆落入後院，經過幾天的觀察，他對府內守衛的路綫已然瞭如指掌，他隱身到假山後，遠遠見到書房隱隱透出燈光，心感奇怪，暗道：「三更已過，書房內竟仍有燈光？」待守衛走遠，立即從假山閃出，沒入另一角落中。

三日裏毫無消息，此際忽似見到線索，七殺有預感此行必有收穫，聚精會神眺望過去，但見書房外有大批守衛，他俯身在黑暗處慢慢潛行，整個人仿佛融入黑暗之中，走到近處，忽然聽到書房內傳來一陣洪亮笑聲，聲音的主人連聲大笑道：「如此甚好！如此甚好！」

七殺認得這是何進的聲音，聽得對方語調欣喜若狂，暗道必然事關重大，也不敢怠慢，立馬加快步伐，潛行到書房後面，但聽何進的聲音從上而至，七殺攀牆爬上二樓，從窗戶翻身入屋。

七殺早對何府一切地形了然於胸，攀入之處乃是藏書閣，而何進的聲音則在房內另外一側。七殺躲藏在書櫃後逐步逼近，去到最後一個書櫃後面停了下來，探頭出去，但見何進端坐上首，手上拿著一塊令牌仔細端詳，滿臉笑容。約莫十名衛兵手持長槍在旁戒備，五名黑衣人站在下首背對著七殺，看不清面目。

七殺凝視何進手中的令牌，認得是羽林軍的手令，暗道：「張拓找上何進了？」果然，何進把令牌放下後，對著黑衣人説道：「想不到張大人連燕州最聞名的刺客組織『蝠臨門』也找來了，真讓何某始料不及。」

七殺聞言心中一凜，暗道：「蝠臨門不就是那個在燕州發跡的刺客組織？江湖傳聞蝠臨門以蝙蝠為名，只因組織內所有成員均存有眼疾。這些殺手雖是瞎子，但武功甚為高強，心狠手辣，據説從未失手，張拓竟僱用了他們？此行當真要打醒十二分精神，不得有任何大意了。」

何進的聲音把七殺從思緒之中拉回現實：「張大人心繫漢室，何某自是歡喜不過，盡當竭盡所能協助，只不知張大人要何某如何配合？」

「小人先行謝過將軍。」為首的黑衣人躬身道，他語調冷峻，吐字雖然清晰，卻是生硬異常，就似一個字一個字地從牙縫之中吐出一樣。黑衣人乾咳兩聲，續道：「兩日後，張大人將會發動兵變，帶領羽林軍攻打十常侍府邸，再殺進皇城，誅殺宦黨，望將軍同時出兵，兩面夾擊，誓把宦黨盡數剷除。」

張拓此舉，無疑是直接的兵變，這驚天動地的信息從黑衣首領生硬的語調說出來，如重錘一般敲在場中所有人的心上。七殺嚇了一跳，幾乎便撞到書櫃。而何進更是激動得立馬站起來，隔了好一陣子也說不出話來。

過了一會兒，何進似是想到了什麼，問道：「張大人難道……難道就不怕那群閹賊當場發難，以皇上為質？」

面對何進的提問，黑衣首領竟然只嘿嘿笑道：「皇上向來被張讓軟禁於西苑，若將軍與張大人聯手，這場兵變彈指之間就能完成，試問他們又如何能以皇上為質？」他的聲音本就生硬無比，此時的笑聲更是難聽之極。

何進見對方無禮，態度傲慢，竟不把自己這當朝大將軍放在眼裏，立時便面露不悅，道：「西苑有十四星守衛，上上下下均是張讓心腹，這場兵變動靜必然不少，怎知他們會否收到風聲然後危害皇上？皇上安危，張大人豈能不顧慮在內？此事事關重大，何某要仔細考慮，決不能魯莽行事。」

黑衣首領又是嘿嘿冷笑兩聲，道：「依何大將軍此言，難道要如此斷送殺死十常侍的絕好機會？」何進「嗯？」了一聲，雖然明知此人看不到他眼神所在，但還是怒目凝視對方，緩緩地問道：「何某並不明白，何謂此乃殺死閹黨的絕好機會。」

首領並沒有立即回答何進的問題，反是笑了笑，然後緩緩地說道：「要誅殺張讓等人，需得先斷其爪牙。眾人皆知張讓麾下最厲害的乃紫微十四星，押解盧植時潛龍已殲滅其三。此役過後，張讓須依靠剩餘的十四星捉拿潛龍，鎮守西苑的相信也只有當中三四人罷了。」首領說到這裏故意一頓，何進果然問道：「即使如此，對皇上來說仍是危險得很，如何是剷除他們的良機呢？」

「一，十四星忙於尋找潛龍，留守張讓身邊的自然不多。二，本門已派出數名高手，正前去刺殺其首領紫微。若然成功，十四星則群龍無首，就算失敗，本門的弟子也早有默契，會誤導紫微以為幕後主使者為張讓，挑撥其主僕關係。」

首領的話說得何進默默點頭，但聽前者續道：「紫微只要稍有異心，十四星自然土崩瓦解，不足為懼。三，餘下的十四星，自有我們蝠臨門對付。最後，大將軍若當真放心不下皇上，張大人大可先分一軍前去西苑迎接皇上，攻打皇城的重責，則拜託大將軍你了。」

黑衣首領說得頭頭是道，何進縱然心中仍有疑慮，也不得不低頭仔細思量起來。

而這人的一番話，也把暗中偷聽的七殺聽得滿頭冷汗，就在此時，黑衣首領忽然說道：「張大人說，能否事成的關鍵，還在於將軍麾下的潛龍如何裏應外合，方能確保計劃萬無一失。」此話一出，何進面露詫色，雖只一閃而過，卻已被七殺看得一清二楚！

七殺屏息靜氣，心跳得怦怦作響，何進忽然臉如寒霜，默然半晌，冷冷地道：「潛龍是何某麾下？張大人何以見得？」

「朝中有能力派出潛龍對付張讓之人，除張大人和大將軍外別無他選。既然並非張大人，亦只能是將軍你罷了。這點相信將軍也心裏有數吧？」

何進的臉色越來越凝重，忽然，他大喝一聲，朗聲道：「拿下！」話聲剛落，四周的衛兵同時挺槍戒備，同時樓下傳出急促腳步聲，門外的幾十名衛兵同時湧入，各手持武器，對住幾名黑衣人。

何進大聲道：「發動兵變此事何等重要？張拓豈會隨便交托你們幾個刺客前來傳話！你們究竟替誰辦事？難道是張讓嗎？」何進聲色俱厲地喝問，衛兵團團圍在他的身旁，幾十雙眼睛齊齊緊盯黑衣首領。

氣氛忽然變得劍拔弩張，被數十支槍頭對著，幾名黑衣人均不為所動，黑衣首領更是長笑一聲，道：「大將軍不必緊張。」

首領語氣稍頓便續道：「小人並非張大人麾下，只是受他僱用辦事。張大人委託小人等前來，乃要說一句話，做一件事。要說的話小人剛剛也已說完，大將軍信也不信，要如何選擇，小的也無法左右，亦只能把將軍的話轉述給張大人罷了。」

何進皺眉問道：「那，張拓要你們做的事呢？」

「轟隆！」

雷鳴電閃，一聲旱雷劈破長空。

房內銀光大盛，五名黑衣人如變戲法一樣，不知何時已手握彎刀。

黑衣人此舉，衛兵們更是緊張，何進也嚇得後退一步，瞪著銅鈴般的大眼怒喝：「你們要幹什麼？難道是行刺何某嗎？」

黑衣首領道：「非也。」

「轟隆！」

雷聲再次響起，七殺但見眼前銀光大盛，勁風撲面。原來那五名黑衣人同時後躍，當中三人向著自己攻來，另外兩人則高高躍向橫樑！

「把潛伏在何府裏面的十四星幹掉！」

黑衣首領的話與刀光幾乎同時而至，「嘭！」的一聲，七殺躲藏的書櫃被三柄彎刀劈開幾截，幸虧他反應極快，刀光閃動的同時已經後退，不然已經身首異處。

「十四星！」

何進的衛兵齊聲驚呼。七殺行蹤暴露，立時從後背抽出匕首迎戰，但見三名殺手的攻勢如水銀瀉地密不透風，七殺不敢貿然迎戰，連連使用滑步向後急退，避開殺招。

忽聽頭頂上噹啷聲響，接著，一道人影落在身旁，這人雖然遮住面目，但一看身形與畸形的雙目，不用多說此人必是貪狼無疑。

「貪狼？為何他會在此？」

七殺心中詫異，黑衣刺客沒有追擊下去，五人一字排開，擋在何進與七

殺貪狼中間。燈光映照下，七殺貪狼果見這五人雙目反白，確是瞎子。黑衣首領頭也不回的道：「衛兵們，你們保護將軍，外面還有十四星，千萬別出去。」

七殺凝神靜聽，只覺外面隱約傳來兵刃相交之聲，估計同行的天相也與對方交起手來了。七殺側頭望去，只見貪狼的武器是他最擅長的長短雙刀，七殺心中疑惑：「潛行帶著長短雙刀？這樣多不方便啊！怎麼貪狼像是為了大戰有備而來？」但情勢危急也不容他多想，他反握匕首，擺出架式準備迎戰。

雷聲如戰鼓低擂，黑衣首領大喝一聲，手上的彎刀直直向七殺劈來。

貪狼和七殺廝殺經驗豐富，電光火石之間已想到破敵良策。七殺的匕首難以硬碰彎刀，故貪狼該舉刀替七殺相格，後者則趁兵刃相交之際欺身刺殺。本來以貪狼性格絕不會援助七殺，但唇亡齒寒之下亦顧不得那麼多，正要舉刀擋格之際，卻見眼前銀光閃動，三名殺手已向自己攻來！

貪狼大吃一驚，那三名殺手時機掌握得極準，若自己不撤招自保，三柄彎刀立馬便會劈在自己身上。貪狼不及細想，雙刀舞成刀網護身，向後急退。

貪狼後退，七殺只能後退避開來刀。

黑衣首領一刀劈空，順勢半跪在地，腳步聲急響，最後一名黑衣人奔到首領身後，以首領後背借力一躍，彎刀舞動成一張銀白色光網，從上而下攻向七殺；而首領亦順勢著地滾來，以地堂刀法攻向七殺下盤。這兩人合鬥七殺，其餘三人也不閑著，彎刀左中右三方向著貪狼急攻，貪狼被對方搶攻一頓，亦見手忙腳亂。

七殺吃了兵器上的虧，面對淩厲的攻勢顯然措手不及。他急中生智，左手從身旁書櫃取起竹簡用力向兩名殺手扔去。兩名殺手不能視物，其他感官卻是極強，聽到聲響，以為對方投來什麼暗器，立即把彎刀舞成一道刀網護在身前，直到「啪」的一聲把來物砍個粉碎，才知原是竹簡。

二人正要再次上前，又聽破風聲響，二人同時側身避開，來物重重掉落身後，聽聲辨物又是兩卷竹簡。

就在旁邊的貪狼心念一動，似是知道七殺正盤算什麼，於是一記狠招，用力逼開三人，前腳一點，退到七殺身旁，與殺手們拉開距離。

「雕蟲小技！」黑衣首領怒喝道：「受死吧！」眾殺手正要撲前廝殺，忽聽得前方破風聲大盛，以為又是竹簡，正要側身閃開，卻忽然驚覺這次與前兩次大有不同。

這次來的，不是「一卷」竹簡，而是密密麻麻的竹簽！

原來七殺頭兩次擲出竹簡，只為擾亂對手，他偷偷用匕首割斷連接竹簡的牛皮綫，把竹簽當作暗器擲出，此刻七殺根本不顧準頭，只大把大把密密麻麻的揮出竹簽，眾殺手目不視物，只能單靠辨認風聲撥打暗器，幸虧他們盲眼已久，聽力極強，七殺揮出的竹簽竟被他們打下了一大半，剩餘的要不沒了準頭，要不打在身上非要害處，也不影響行動。

「嘭！」

七殺擲出竹簽之際，貪狼已全速向窗邊跑去，用力撞破窗戶躍了下去。七殺知貪狼已撤，便轉身疾奔。殺手們正欲追趕，七殺頭也不回，手中最後一把竹簽揮出，殺手們匆忙擋格，七殺趁著這個空檔，隨著貪狼躍下樓去了。

貪狼七殺逃到書房外，樓內腳步聲大響，似是衛兵們正追出門外，殺手五人在後，遠方被密密麻麻的火把照得亮如白晝，相信是其他衛兵正在趕來。二人不敢停留全速奔跑，沿途的衛兵只有伶仃數人，如何是他們對手？轉眼間他們便要跑到七殺躍進來的地方，去到圍牆前，忽然有陣急促的腳步聲從後而來，二人同時覺得後方風聲急響，立時向旁一避，但聽「咄咄咄」數枚飛鏢在二人中間掠過，狠狠釘在牆上。七殺望去，那五名殺手已追了上來，再遠一點還跟著數十名何府衛兵。

貪狼率先躍上了牆頭，七殺才剛剛躍起，身子尚在半空之際，突然一道寒光在眼前閃動，竟是貪狼毫無先兆地舉刀劈向他！七殺不及多想，舉起匕首格擋，只聽「鐺」的一聲，兵刃相交擦出星點火花。七殺無可借力，不可置信地瞪著一臉獰笑的貪狼，往後摔了下去。

七殺的窘態被後方追兵看得一清二楚，他才剛摔倒在地，五名殺手已經趕到，黑衣首領對其中兩名手下道：「不能讓他逃走，我們仨去追，你們把落單的幹掉。」說著，他與另外兩名殺手輕巧地躍過圍牆追趕貪狼，剩下的兩個殺手也不含糊，舉起彎刀向地上的七殺猛劈。

七殺著地滾開，但左臂還是中了一記，立即血流如注，兩名殺手乘對方受傷，攻勢更是猛烈。七殺心想，若不兵行險著，恐怕今天就把命擱在這裏了。他背靠著地，雙腿一蹬，剛好交叉搭在正要俯身砍他的殺手肩上，然後小腹用力，上身如彈簧般從地上彈起，整個人騎在殺手的肩上，剛好避過另一殺手劈向頭的殺著。

這一切來得太快，被七殺騎著的殺手還沒反應過來，但覺脖子上一涼，七殺的匕首已拔了出來，大篷的鮮血立時從傷口如噴泉一樣激射而出。另一殺手聲嘶大喝，正要撲前拼命，卻覺勁風撲面而來，連忙舉刀一擋，卻發現小腹傳來一陣劇痛。原來七殺剛才順勢取起了死者的彎刀，攻向殺手面門的只是虛招，殺著是捅向小腹的匕首。

七殺右手拔出匕首，左手彎刀順勢往下一拖，划破殺手咽喉。

「轟隆！」

伴隨著震天雷聲，殺手無力地退了兩步，「砰」的一聲摔倒在地，再也起不來了。

七殺連殺二人只是電光火石之間，何府衛兵何曾見過身手如此厲害的人？排前面的衛兵立時面露懼意。此刻，何進在後面喊道：「他只有一個人！殺了他！」主子在後監戰，前方的衛兵再也不敢怠慢，紛紛挺槍向七殺刺去。

「殺！」

七殺看著前方源源不絕的敵軍湧至，聽著上方雷聲不斷，他猛地吸了口氣，然後緊緊握住兵器，沉聲道：

「來吧。」

＊＊＊

大雨滂沱，四周漆黑一片，貪狼竭力狂奔，憑藉偶爾閃起的電光照明，在巷道中穿插。只是，他身後的腳步聲卻無因此拉遠。

「他媽的！陰魂不散！」

「轟隆！」

跑過了幾個街角，在一巷口貪狼停下了腳步。雷鳴電閃，數人佇立在前。

「見鬼。」

他幾近是咬牙切齒地吐出這兩個字。

電光連環閃動，把一切照得明亮。貪狼看見四個同伴，還有另外兩個瞎眼殺手。

不，正確來說是三個同伴。

一樣潛入何府，幾經辛苦才逃得出來，滿身刀傷血污的天相；在何府外面接應天相的太陽；自己指派在何府外面待命的天梁；

還有與天梁一同待命，現在卻已是一具倒在牆角的屍體——武曲。

「貪狼？你果然也在！」太陽聽到腳步聲，回頭望見貪狼，他看上去又驚又怒，問道：「你可是從何府出來？七殺大哥呢？」

貪狼沒有應話，追趕著他的三個殺手亦已趕到，兩批殺手呈前後包抄之勢，貪狼眉頭大皺，心中立時盤算下一步。只是殺手們卻沒有給他這個時間，隨著黑衣首領怒喝一聲，五名殺手齊齊起動，三柄彎刀，兩柄長劍，向著四名十四星猛攻過去！

四周再次陷入漆黑，在場幾個十四星，武功當以貪狼為首，太陽其次，天梁天相均與前二人有段距離。而蝠臨門殺手最為人所知的厲害之處，乃其配合無間的默契。加上現在環境漆黑，伸手不見五指，論到聽聲辯位，眾人如何能及蝠臨門殺手？甫一交手，十四星們就頻頻中招，險象環生。

貪狼咬緊牙關，一邊勉力抵擋前方攻勢，一邊憑著適才的記憶緩緩後退，直到背靠牆壁，心中才稍稍安穩，他的長短雙刀舞動得密不透風，抵擋著三柄彎刀如狂風暴雨般的攻勢。太陽三人背靠背與敵人交手，太陽使的乃一對雙戟，他力猛氣雄，乃一名衝鋒陷阱的猛將，在巷中應敵本就綁手綁腳，加之目不視物，交戰沒一會兒已身中多招，幸虧他皮堅肉厚，傷的又並非要害。但他身旁的天梁天相就不好過了，雖然兩名殺手主力進攻太陽，但天相本就失血過多，如今已搖搖欲墜，而武功更遜一籌的天梁中了幾刀後動作更見散亂。

「你先去幫他們，這人我倆抵著！」黑衣首領吩咐了一聲，其中一名殺手立即前去夾攻太陽三人。少了一人，貪狼壓力頓輕，他心中一邊盤算，一邊挪移著身子向太陽三人靠攏。黑衣首領以為他要相助同伴，自然不讓他過去，一時間攻守雙方以快打快，兵刃相交聲不絕於耳。

「刷」的一聲！一聲狂呼在雨夜中嘹亮。天相終究挨不過去，被殺手的長劍穿心而亡。與此同時，天梁的肩膀也被長劍貫穿，痛得他嘶聲大叫。

「轟隆！」

電光閃起，貪狼眼中也殺意大盛！趁著視線清晰，拼著挨了一刀的痛楚，奔到太陽等人身後，然後右手長刀疾如閃電，沒入正攻擊天梁，還沒來得及收招的殺手咽喉之中！

天梁以為貪狼救他，還沒來得及道謝，貪狼卻以左手搭著他的肩膀，把他往身後一推！

天梁胸腹傳來致命的痛楚，敵人的彎刀已重重劈在他的身上。天梁愕然回首望著貪狼，他雖知對方為人奸險，但也想不到會涼薄至此。在月色映照之下，貪狼臉上披滿鮮血，本已極醜的面容更顯猙獰恐怖。向上牽動的嘴角、兇狠的眼神，絲毫不為自己把同僚作為擋箭牌這卑劣的行為而覺得歉疚。

貪狼趁著機不可失，如猛虎下山般向前猛撲，手中長短刀齊出，隔著天梁的屍身刺向兩名殺手。黑衣首領反應極快，察覺風聲後著地滾開，堪堪避過殺招。但另一名殺手則反應不及，被貪狼的短刀穿胸殺死。

「轟隆！」

殺手倒下。

天梁倒下。

貪狼正欲追擊，忽然一陣勁風從上而來，他閃避不及，胸口重重地中了一腳。這腳力度極大，貪狼被踢得摔倒在地，一聲不亞於旱雷的暴喝在他耳邊響起：

「惡賊！待會再跟你好好算賬！」

貪狼一聽，差點沒被嚇得魂飛魄散。只因說話之人，正是他之前暗算的七殺！

「太陽！撐著！」

「七殺大哥！你來了！」太陽一聽是七殺，喜形於色，他雖只對著兩名殺手，但亦開始左支右絀，他向後一躍，來到七殺身邊，把後背長條形的布包對著七殺，朗聲道：「七殺大哥！你的兵刃！」

七殺點頭不語，左手一扯，從太陽後背奪過布包，那兩名殺手剛好攻至。但見七殺雙手一抖，那黑色的布條竟如有生命一般從內至外層層打開。但見黑布裏忽然銀光大盛，七殺雙手一挺，發出「嗆」的一聲清響，一道銀白色的電光仿佛從天而至，把兩名殺手的兵刃全數擋開！

七殺的兵刃乃一柄銀白色長槍，他取回自己順手的兵刃，立即精神抖擻。加上滿腹怒氣，一輪急攻下，把兩名殺手殺得節節後退。在七殺手下，那長槍猶如活了起來，在黑夜中就像一條銀白色的巨龍翱翔天際，端的燦爛無比，奪目非常。

本來在黑暗之中，蝠臨門殺手擁有絕大優勢，但七殺本來武功就比他們高出許多，此刻怒氣填胸，長槍更是使得發了，他橫搶一挺，逼開了兩人，然後右腳向前踏了一個弓步，左手一放，右手單手持槍向其中一個殺手猛戳而去！

殺手聽聲辯位，知道七殺戳向他的咽喉，他知道不能舉劍擋格，正要側身避開之際，卻聽「嗆」的一聲龍吟聲響，便感到喉頭一涼。

「噗！」

殺手至死一刻，還沒想得到七殺的長槍為何來得如此的快。

七殺先聲奪人，一出來便殺死一名殺手，另外一人聽見同伴陣亡，知道己方陣型只剩下自己與黑衣首領，立馬便轉身逃跑。

「往哪裏跑！？」

七殺暴喝一聲，右手用力一抽，銀槍從殺手屍身抽出，但見他右手縮到腦後，然後打橫用力一甩，銀槍如同鋼鞭一般從右至左向正逃走的殺手橫砸過去！

「！」

殺手何曾想到七殺的長槍有如此的用途？此時他已經閃避不及，但總算反應過來，立即舉起手中彎刀擋格。

殺手擋格時機和方位都掌握得準確無誤，但七殺這下既快且急，又用上了幾乎全身之力，「鐺」的一聲巨響，殺手連刀帶頭被銀槍削開一半，鮮血潑墨一般灑在牆壁上。

一切來得太快，殺手頭顱被削後依然舉著斷刀，隔了一會才「砰」的一聲倒下。

七殺連殺二人，看上去用了很多招，但只是眨眼之間發生的事。

太陽面對殺手們身陷險境，七殺一出場即大發神威殲滅對手，太陽看在眼裏心中無比崇拜，正要喝彩之際，卻聽到後方傳來喊殺聲。太陽回頭一望，但見黑衣首領如癲如狂一般攻向貪狼，後者竟被攻得十分狼狽！

原來剛才七殺那一腳踹得著實不輕，貪狼尚未回氣，那黑衣首領又急於脫身，攻勢前所未有的凌厲，縱使貪狼本身武功比黑衣首領要高，但此消彼長之下，竟被打得左支右絀，若非黑衣首領只是為了爭取機會脫身，恐怕貪狼早已遇險。

黑衣首領打退貪狼，向後掠開，然後回頭疾奔逃跑。

「休想逃跑！」七殺和太陽齊聲大喝，只是二人距離已遠，顯然已追趕不及。

「轟隆！」

雷鳴電閃，黑衣首領向前奔了數尺，忽然停住了腳步。

「轟隆！」

黑衣首領忽然失重跪倒在地，他的頭顱早已不在脖子上，咕嚕咕嚕地滾在身後數尺的石板地上，鮮血如噴泉一樣從脖子中激射而出，混合如珠簾一般重重落下的雨水，在屍身四周形成一個血窪。

七殺等三人臉帶愕色地看著殺掉黑衣首領、站在路中間的人。電光不停閃爍，把那人本就白皙冷傲的臉龐照得異常恐怖。

「紫……紫微大哥！」

紫微冷冷地掃了掃三人，然後目光移向倒在地上已成屍體的天相等人身上，不知是否七殺看錯，冷傲的紫微看著同伴屍體時，眼神中竟似稍稍流露出感傷的神情。但這神情只維持了一剎那，很快紫微便恢復了平日的冷傲，問道：「到底發生什麼事情？」

面對紫微，狂妄的貪狼也不敢放肆，只低頭裝作傷勢嚴重答不上話。七殺想起何府中聽到蝠臨門曾說派出殺手刺殺紫微，立即走上前去，把今夜發生的一切概括地報告了一遍，包括張拓僱用蝠臨門並將要發動兵變，還有黑衣首領說何進就是潛龍主使，而後者也沒否認。去到最後，七殺指了指地上黑衣首領的屍體，說道：「此人曾說蝠臨門派出殺手，要對紫微大哥不利，大哥你切莫小心，莫要著了他們的道兒。」

本以為紫微聽到這些消息後至少會稍感詫異，沒想到紫微卻是泰然自若，臉上簡直沒有一絲波動，心中不禁暗暗佩服對方泰山崩於前而不變色。本來七殺還想把貪狼暗算自己以及害死天梁的事情順便和盤托出。但不知為何，在紫微那毫不帶感情的冷峻神情下，話到喉頭居然說不下去，

紫微思索了好一陣子，淡淡然道：「何進既無否認，他應該真的就是潛龍幕後主使。」不待七殺等人追問，紫微已道：「他們似是知曉我們的部署，確實，不久前我也遭遇到蝠臨門的偷襲，也如七殺所言，他們裝得是主公派來刺殺我，好挑撥我們與主公的關係。」

七殺三人面面相覷，不知如何搭話。只見紫微低頭沉思，來回渡步，眾人不敢打擾，過了一會紫微忽然擡起頭來，眉宇間微見憂色，望著眾人道：「糟糕了，西苑！」

太陽有勇無謀性格大條，尚未意會得到，七殺與貪狼稍一思索，同時恍然大悟，齊聲驚呼出聲。

紫微神色凝重地道：「今夜張拓計劃被我們撞破，定必提早發難，何進也想必會有所配合。他們擔心劉宏安危，自會派兵先攻西苑拯救劉宏，西苑雖有禁軍，但天府天機武功均非武將，若敵我兵力懸殊，端的危險至極。」

紫微一邊分析，其餘眾人均點頭稱是，他稍稍一頓，續道：「太陽，你隨我去西苑接應。七殺貪狼，你們返回皇城報告主公與破軍。緊記！必須保護主公安危！」

七殺貪狼齊齊點頭，正要轉身離開之際，紫微忽然喚道：「七殺！」

七殺愕然回頭，但見紫微看了他半晌，道：「我們已接連失去兄弟，今夜凶險萬分，你們切莫小心，太陰不會武功，她就拜托你了。」

想不到平日冷漠的紫微竟居然說出這關心之言，七殺一怔，然後點頭道：「紫微大哥請放心。」二人相對點了點頭，然後各自轉身離去。貪狼冷哼一聲，默默跟在七殺背後，太陽也不發一言，緊隨紫微步伐。

雷停下了，

電停下了，

雨停下來了，

殺戮，似是停不下來。

四名十四星均心裏明白，今夜將會是一個血色的不眠夜。

肆

終日乾乾

張讓府內十四星的居所，園子裏那十四個大圓石，天梁、天相、武曲三人的位置上擺了一盞油燈。

微風細送，燈火隨風搖曳，微黃的燭火照著坐在正中的張讓，為那本就陰晴不定的深邃臉龐增添鬼魅色彩。此刻，天機和天府在西苑監視劉宏，紫微、太陽則趕去接應。十四星之中只有「殺破狼」三人和太陰在。四人一字排開，垂首站在張讓面前。

「貪狼，你剛剛所說的，可查得清楚了？」

張讓盯著貪狼的那雙眸子隱約透露出陣陣寒意，貪狼感到如芒刺在背，渾身不自在。他收起了平日的狂妄，神態恭謹地躬身答道：「屬下查探得一清二楚，張拓已僱用了燕州殺手組織蝠臨門，這幾天出入府邸除了有禁軍隨行，府邸四周也有蝠臨門殺手把守，故屬下三人一直找不到機會下手。」

他頓了一頓，續道：「屬下和武曲好不容易潛入張府之中，探得張拓兩日後將率羽林軍突襲皇城，意欲危害主子及大人安危。之後，他派了幾個殺手向何進尋求合作，於是屬下叫武曲天梁在外接應，然後親自潛入何府查探。在他們的對話中，何進默認自己便是潛龍主使，七殺當時亦在何府，可以替下屬作證。」

張讓轉眼瞧向七殺，後者立即低頭道：「當時蝠臨門的殺手直指何進就是潛龍主使，何進雖無當面承認，卻也並無否認。瞧他的神情語態，相信他極大機會是主使無疑。」

張讓似笑非笑地冷哼一聲，把目光重新放到貪狼身上。他一雙虎目飄來飄去，臉上卻一直陰惻惻地冷笑一言不發，眾人心裏均感到陣陣寒意，而貪狼更是被張讓瞪得心慌，冷汗緩緩從後背流下。

貪狼知張讓多疑，此時被對方的冷眼瞧得渾身不自在，心中忽然冒出一個念頭，連忙道：「只可惜，七殺不小心被蝠臨門手下發現，於是連場大戰下，我們也損失了天相、天梁、武曲三人。」

他一語既畢，眾十四星均大吃一驚，他們均想不到貪狼忽然顛倒是非，竟把三名同僚之死歸罪於七殺。後者立即暴跳如雷，大聲喝道：「胡説八道！蝠臨門的殺手有備而來，何以見得是我被他們發現！？在何府之中我早有機會逃脱，你卻偷襲我，這筆賬我還沒跟你算！」

張讓繼續一言不發，只冷冷盯著貪狼，後者心中冷汗直流，硬著頭皮向張讓拱手道：「報告主公，切莫聽信七殺之言。當時屬下與他被蝠臨門高手圍攻，使盡渾身解數才殺了出去，正要逃離何府之際，以七殺武功本可以輕鬆躍過圍牆，他卻故意裝作被人擊落。屬下當時身負重要情報，自不能回頭救他。本以為他凶多吉少，卻在後巷與蝠臨門交手時安然無恙地出現！」

説到這裏，貪狼借機避開張讓那讓人毛骨悚然的目光，瞪著七殺説道：「蝠臨門加上何府守衛人多勢眾，即使七殺武功如何高強，豈能毫髮無傷地逃離何府？此人身份著實曖昧不清，主公明察秋毫，切莫讓鼠輩有機可乘啊！」

貪狼反黑為白，不但阻止七殺稟報他害死天梁一事，更誣衊對方意圖混淆視聽，使得七殺現在即便如實稟報也沒用，七殺怒不可遏，戟指指著對方，氣得胸膛一起一伏，卻是一句話也罵不出來。

「咳咳！」

張讓神色不悅地乾咳兩聲，七殺立即回頭看了看對方，也就不敢再說下去。此時，身旁的貪狼傳來一聲冷笑，似是嘲笑著他的失態，七殺強忍怒氣，拳頭握得緊緊，指甲也深深掐進掌心中。

張讓輕輕拍拍手，門外走進數個衛兵站在七殺身後，張讓擺了擺手，道：「先把七殺押下去，待今夜之事完結，再做定奪。」七殺大驚失色，連忙跪了下來，大聲道：「主公！貪狼他血口噴人，主公你切莫相信啊！」

張讓斜眼看著七殺，不怒而威，七殺登時不敢多言，只能戰戰兢兢跟著衛兵退了下去。至於貪狼則低下頭來，暗自慶幸自己告狀得早，嘴角微微牽動，然後立即恢復原狀，免得被張讓瞧見。

這一切太陰看在眼裏，由於七殺貪狼回到皇宮就立即覲見張讓，太陰也不知天梁的真正死因，但見到七殺貪狼二人的表情反應，此時見到如此情景，她也不禁心中疑惑：「且不論貪狼所說的話有幾分真假，主公個性多疑，何以又輕易相信？」

她正自思疑間，七殺已被押下，張讓隨即吩咐道：「找人通知趙忠等常侍前來，商討如何應對亂黨。貪狼、太陰，你們隨我來。」

過了約半個時辰，權傾朝野的十常侍齊集張讓府，商討如何應對此事。

也不知是心情欠佳還是過度疲憊，張讓臉如寒霜地坐在廳中上首。他皺著眉頭，陰森地半瞇著眼，那陰晴不定、老謀深算的樣子使人不寒而慄。貪狼和太陰站在他身後，十常侍其餘九人則坐在下首。坐得離張讓最近的，就是十常侍中的二號人物，民間所傳靈帝口中「張常侍我父，趙常侍我母」中的趙忠。

張讓說了貪狼得來的消息，十常侍大驚失色，眾人思緒如潮心煩意亂，大廳之中登時鴉雀無聲。隔了好一會兒，趙忠才打破了沉默，問道：「張大哥，張拓這廝當真如此斗膽要攻打皇城？此事著實非同小可，會不會只是張拓放出的煙幕……」

「賢弟此言差矣。」張讓打斷趙忠的話，道：「若這只是煙幕，張拓不會大費周章聘用蝠臨門，更不用向十四星動手了。」太陰和貪狼見眾十常侍的目光聚在自己身上，貪狼走上前拱了拱手，道：「正是，不但是屬下，連紫微大哥也遭到蝠臨門殺手的伏擊，有幾位兄弟更因此送了性命。」

貪狼言罷，十常侍確信無疑，立即紛紛議論起來。

「羽林軍與何進合兵？我們的府兵，可抵擋不住啊！」

「對啊！何進那廝黨羽不少，我們這趟凶多吉少啊！」

「別怕別怕！我們與張大哥情同手足，他麾下的十四星自會保護我們安全！」

「説回來，紫微怎能自作主張，這樣就拉著太陽前去西苑。」

「不，你要想想，若張拓救出劉宏，那我們可就沒了人質！紫微此舉聰明之極啊！」

「話説回來，潛龍還沒找到，又來了一個張拓和蝠臨門！當真禍不單行！」

「張拓這廝當真吃了豹子膽！竟真的想對我們不利！」

「還勾結何進？他不是平素瞧不起這姓何的屠夫嗎？何進難道就那麼乖乖聽他的話？」

「燕州蝠臨門？這組織聲名遠播，厲害得很啊！你看你看，連十四星也死了幾個，只靠我們的府中的衛兵可不夠啊！不若從禁軍當中抽調多少過來？」

眾十常侍低語，趙忠和郭勝閃過幸災樂禍的神情，雖然這表情只一閃而過，但也被眼利的貪狼捕捉得清楚。他斜眼偷偷看向張讓，後者正低頭沉思，不知有否看到趙郭二人的神情。

眾人爭論不休，一時之間亦沒有結果。趙忠見張讓一直沉默不語，乾咳兩聲，道：「眾兄弟稍安勿躁。」他是十常侍中的二號人物，自有一派威嚴，眾人漸漸靜了下來。趙忠問道：「張大哥，你既把我們召來了，想必定有計劃了，對嗎？」

張讓斜著眼看著趙忠，瞧得後者渾身不自在，他輕輕歎了口氣，道：「嘿，這事讓我心煩意亂，心中就是打不住主意，才召各位賢弟前來集思廣益啊。你們剛剛說的對，只有禁軍，實在難以抵擋得了何、張二人！唉，難啊！真不知如何是好了。」

張讓嘴上雖是如此說著，但臉上表情絲毫不似正在擔憂，趙忠看在眼裏，心中暗暗「呸」了一聲，他久居張讓之下，心中早有取而代之的想法，只是勢力遠遠不及才一直沒有動手。當趙忠聽到張拓與何進合謀對付張讓，又有燕州最著名的殺手組織相助，再加上那潛伏在側的潛龍，實在是推倒張讓的大好機會，不禁怦然心動。

但趙忠能僅僅位居張讓之下，自然也非笨人，他轉念一想，心想張拓何進對自己的恨意並不下於張讓，今夜要誅殺十常侍，自己也不能倖免於難，唇亡齒寒下還是性命要緊，推倒張讓之事還是日後再找機會罷了。

於是，趙忠走前兩步，對著張讓打著哈哈道：「張拓既找了何進助拳，我們也大可找蹇碩，他雖現在乃西園軍校尉，可終究與我們一樣的出身，何進張拓真要大開殺戒，他也脫不了關係。相信他權衡利弊之後也會站在我們這邊，有了西園軍，相信也足以抗衡何進張拓吧。」

趙忠話聲剛落，其中一名十常侍宋典立即道：「蹇碩？他的西園軍雖然厲害，但趙二哥你不想想他手下有什麼人？」

郭勝立即搭嘴道：「對啊，他麾下的袁紹曹操均與何進關係不錯。叫他西園軍前來，實非可靠！」

「嘿！說起曹操這逆子……」

十常侍七嘴八舌，一時間又嘈吵起來。張讓神色木然，似是胸有成竹，一副深不可測的模樣。過了良久，他又咳了兩聲，眾人又漸漸安靜下來。

「若只靠禁軍和我們的府兵，確實不足以抵抗張、何聯手。」眾人聽張讓如此說，知道張讓傾向找蹇碩援兵，適才反對的當即面紅耳赤，而支持的則立時得意洋洋。

張讓續道：「蹇碩與何進向來水火不容，要他對付何進自是不難，只怕袁紹曹操通風報信，屆時兩軍交戰，袁曹臨時反叛，那可不得了。」他一邊說著，一邊撥弄著自己的頭髮，悠哉悠哉地道：

「不若這樣吧？我們今夜遷到皇城之中，故意放出風聲讓張拓與何進知道。他們必定不會放過這個機會，直接率兵攻打皇城，要把我們一網打盡。另一方面，我們叫蹇碩裝作協助何進，卻趁那屠夫不備時從後偷襲，這樣既殺何進一個措手不及，亦能夠順道清除袁紹曹操，諸位賢弟，你們說此計可好？」

眾十常侍互視一眼，目光齊集在趙忠身上。

「果然，他早就想好對策。」

趙忠心忖，暗暗慶倖自己沒有因一時貪念而動心謀害張讓，他心中暗暗咒罵張讓城府極深，事到如今還要測試自己反應，面上卻大聲歡呼，拍手讚道：「張大哥此計極妙！相信必定能殺何進張拓一個措手不及！」趙忠也這樣說了，其餘的十常侍自然也紛紛叫好，不住誇獎張讓智計無雙。

太陰在旁看著，心中暗感奇怪。她並不詫異張讓一直試探著十常侍，亦不驚訝張讓要趁機除掉何進。奇怪的是，張讓奸險狡猾，為人多疑，何進雖與十常侍勢如水火，但亦只是主要針對張讓趙忠罷了，十常侍中的郭勝與何進可是關係匪淺，若張讓真的要除掉何進，怎會把這事關重要的機密在郭勝面前道出？

難道是想測試郭勝的反應？還是想順道把會威脅自己的十常侍剷除？想到此處，太陰瞥向郭勝，但見他皮笑肉不笑地附和著張讓，眼神卻透露出絲絲恐懼，不時瞥向身旁的守衛與兩名十四星，想是他也察覺到異狀，正想著張讓是否要對自己不利。

「太陰。」

張讓的呼喚打斷了太陰的思緒，她立即走上前恭敬地道：「屬下在。」

「你辦事向來周到，宮中的布防就交給你了，如何？」

「屬下領命。」

張讓滿意地點了點頭，跟十常侍道：「賢弟們，你們趕快回府打點，盡快遷回皇城之中，切莫讓張拓何進有機可乘，乘你們落單逐一擊破。到了皇城，既有禁軍把守，又有貪狼護衛，你們大可放心。」十常侍均覺得有理，紛紛點頭稱是，起身離去。

待所有人離去後，大廳內只餘下張讓和貪狼，後者忽然單膝跪在張讓跟前，恭敬地道：「主公，有一事，屬下不知該不該說的好。」

張讓又再半瞇著眼歇息，緩緩點頭，道：「說吧。」

貪狼道：「剛才有大人言道，紫微大哥自作主張，帶著太陽前去西苑救援，屬下忽然想到一事，不知說不說好。」

「嗯？貪狼，你但說無妨。」張讓半瞇著的眼透出一陣光芒，貪狼登時打了個窒，道：「屬下……屬下覺得……」

「你覺得什麼？」

「屬下覺得……紫微大哥若只是接應武功不濟的天府天機，以他的本事一人足矣，不必……不必把太陽也帶去。」

「哦？」張讓睜開了眼，饒有興致地看著貪狼，道：「你的意思是，紫微故意使開太陽？」

「屬下不敢，只是覺得奇怪。」張讓左手支在案上托著腮，眼睛半開半閉看著貪狼，似是他每一個行動，每一個心思，每一個表情，都會被這陰森的眸子收入眼底。貪狼看似誠懇地迎向張讓的目光，後背冷汗卻是流個不停。

二人隔空對望，隔了一會，張讓微微一笑，道：「好吧，我知道了。你叫破軍快馬趕去西苑，看看紫微到底有何目的。」

貪狼躬身道：「屬下領命。」接著頭也不敢再回，離開了大廳。

張讓站了起來，其餘常侍也紛紛跟著站起，張讓見狀呵呵一笑，微微擺手，示意眾人不必站起，然後緩緩步出大殿。九常侍面面相覷，他們根本猜度不了張讓的心思，只能一臉茫然地坐回自己的位子上去。

張讓走到空蕩的宮殿外　頭仰望夜空，望著那被烏雲遮蓋了一大半的月光，喃喃自語地道：「以張拓的性格，可能今晚便會動手吧？」他右手拇指與中指掐指一彈，發出「噠」的一聲清脆聲響，輕聲道：「潛龍會怎樣做呢？」他哼著小調，悠閒地想了一想……

「噠！」

「何進又會怎樣做呢？」張讓半轉頭地喃喃自語一句，然後……

嘴角上的笑意更濃。

眉目中的殺意更盛。

伍

夕惕若厲

三更已至，洛陽籠罩在肅殺的死靜之中，雷雨雖已停止，但粘稠的空氣仍似凝住了一樣，天氣又悶又熱，月光也似是不忍見到即將來臨的殺戮，深深藏於雲層後。

皇宮東門大道旁的巷道中，有百來人在此埋伏。這些人全部身穿黑衣，即便沒有月光，手上的兵刃仍包著黑布以防反光，大氣也不敢透一口地嚴陣以待。

「何進他們起程了嗎？怎麼還沒來到？」說話之人聲音極輕，語調雖竭力維持平穩，但仍聽得出語帶焦急。這人身材高大，神態威武，正是這些人的首領，西園軍的統領——蹇碩。

蹇碩雖身為宦官，但長得壯健而有武略，被拜為上軍校尉。張讓為削何進兵權，借劉宏之手，封他為西園軍統領。他與何進關係水火不容，一早有剷除對方之意，收到張讓的消息後，想也不想就立馬答應，帶著最精良的西園軍埋伏在這個將軍府通往皇宮的必經之路，要攻何進一個出其不意。

汗水從蹇碩額上潸潸流下，他舉袖在額上輕輕一抹，心中七上八下，既是忐忑又是興奮，心道：「若是今晚順利，我便是一人之下，萬人之上。」他輕語問身旁的親信：「袁紹和曹操，他們跟何進會合了嗎？」

「探子回報，半個時辰前已經會合。」

蹇碩點點頭，自言自語地道：「如此最好。」

他剛剛接到張讓的消息後，立馬就把袁紹和曹操召來，告知二人張拓今夜與何進的誅滅十常侍的計劃，並著令二人立即帶著親兵前往何府相助對方。袁、曹二人知道蹇碩與何進向來不睦，本是將信將疑，蹇碩費了好些唇舌，才說服了二人。

「哼，袁紹曹操，你們兩人也過不了今夜。」蹇碩一邊擦著汗水，一邊思索，然後，他嘴角情不自禁地往上牽動，心道：「張讓啊張讓，你以為你的計謀厲害，可是你又怎能想到，其實張拓早已找上了我？你向來小瞧於我，今夜就看我如何將計就計，先把何進幹掉，然後會合張拓殺進宮內。那個時候，你張讓即便跪地求饒，我也不會放過你。」

又再過了約莫半個時辰，蹇碩瞥見遠遠傳來火光，黑壓壓的人影從大道的遠端映入眼內。這段時間內他可謂等得望穿秋水，心中雖然大喜，卻不忘吩咐手下：「來了，藏好一點！」他所帶來的西園軍雖然不是什麼久經沙場的精英，可是也不是膿包，他們各自藏在黑暗之中，一聲不響，等待蹇碩的號令。

人影走得近了，蹇碩看見果是何進的軍隊，中央有一人身穿錦甲，頭帶金盔，一副威風凜凜的模樣，身旁有一支大旗上寫著一個「何」字，雖然看不清面目，但想必必是何進無疑。蹇碩心中冷笑：「看你這屠夫如斯威風，待會兒就要人頭下地。」

西園軍慢慢的等，蹇碩慢慢的等，等一個下手的好時機。

何進的軍隊步伐不緩不急，從大道的一端來到眾人埋伏的地點，也不過一炷香的時間，但對於埋伏的西園軍和蹇碩，卻像是過了很久很久。

蹇碩見何進軍的先鋒已過，中隊已經出現在眼前，他重重揮手，大聲道：「動手！殺掉何進！」

一聲令下，巷道裏埋伏的西園軍齊聲吶喊，弓箭手早已準備就緒，萬箭齊發，兩旁排得最邊的何進軍立時倒下了一片！

「殺！」

伏兵傾巢而出，一邊吶喊，一邊舉起手中兵刃，向著何進軍衝殺過去。這些西園軍突然殺出，剛剛的一片箭雨又是先聲奪人，何進的軍隊完全沒有料到會有埋伏，雖然人數比埋伏的西園軍要多上許多，仍然亂作一團，許多軍士連武器也來不及拔出，便成為刀下亡魂。

蹇碩見何進一邊由部下簇擁至後方，一邊焦急地指揮部下迎戰，但伏兵殺得順風，血霧籠罩整條大道，地上滿是何進軍的屍體，首當其衝的中隊已幾被全殲，一部分的西園軍抵住先鋒，另一批繼續追殺！

「我們也上！」蹇碩吶喊助威，親自領兵向何進殺去。此刻殺聲震天，蹇碩遙遙望了一眼皇宮，心道：「這聲音大得連宮中也能清楚聽得見，張讓收到消息，必定不虞有詐。」

「他，可以動手了。」

***

「你，可以動手了吧？」

長樂宮嘉德殿內，張讓坐在上首，趙忠等十常侍坐在身畔，他們聽到遠遠傳來的喊殺聲，均顯得有點坐立不安。唯獨張讓依然深不可測地保持微笑，他一邊撥弄著頭髮，忽然對站在殿門的貪狼說道。

貪狼被張讓突如其來一問，顯得有點不知所措，他嘴角牽動了一下，躬身道：「主公，屬下不明白。」

不但是貪狼，眾十常侍也面面相覷，想不透為何張讓會突如其來這樣説。但見張讓的笑容漸漸凝結，神情慢慢變得嚴肅，皮笑肉不笑地重複了剛才的説話：

「我説，你可以動手了吧？」

躬身垂首的貪狼緩緩抬起頭來，那一高一低的醜陋雙目迎向了張讓的目光。

張讓再也看不到平日那不敢狂妄、戰戰兢兢的貪狼。而是一頭盯住獵物，嘴角流著口沿的野狼。

貪狼沒有回答，他慢慢站直，嘴角不停地抽搐，身上透露出絲絲的殺意。

「張大哥……請……請恕小弟愚昧，你說的動手是什麼意思？」趙忠察覺到不妥，賠笑地問著張讓。

但張讓正眼都沒有瞧趙忠一眼，他邊冷笑邊站起，對著貪狼道：「蹇碩一直恨不得殺死我與何進，豈會放過今夜這絕佳機會？他不敢與何屠夫正面衝突，只能埋伏，現在看來他們兩軍已開始交戰。待他幹掉何進之後，馬上就會攻進來吧？」

貪狼沒有答話，只冷冷地看著張讓，後者冷笑道：「你費盡心思，乘著紫微、太陽趕去西苑接應，先是唆擺我監押七殺，再使計使開破軍，你花盡機心，為的就是蹇碩攻城之際，殺破狼三人之中只有你在殿中守護。」

說到最後，張讓拉長語調，一字一字地問道：「去到此時，你這個蹇碩的內應……還不動手殺死我們嗎？」

張讓的話如五雷轟頂，趙忠等十常侍目瞪口呆，齊齊把目光注視在貪狼身上。貪狼平日對著十常侍的恭敬早已一掃而空，而也不知什麼時候開始，他手上已握住了長短雙刀，虎視眈眈地盯著眾人。

貪狼沉下了臉，絲毫沒有獵物即將得手的喜悅，只因他在張讓麾下已有數個年頭，深知此人老謀深算，城府極深，此刻忽然捅破自己身份，必有深意，他疑惑地問道：「你既知我身份目的，為何又會……」

張讓長笑一聲，打斷貪狼的說話，他越笑越大聲，幾是前俯後仰地笑道：「對啊！我知道你的身份，你從頭到尾都是蹇碩的人。我知道你們的目的，但還是按照你的安排，把七殺和破軍都支開了。」他一邊說著，一邊站起來，緩緩走上前去，張開雙臂，笑道：「然而，你還是不敢動手嗎？」

貪狼完全猜不透張讓葫蘆裏賣著什麼藥，心中的不安感越來越是濃烈，他咬牙切齒地看著神情得意的張讓。

握刀的雙手，不知為何忽然顫抖起來。

宮外的殺聲響到了極點，似是廝殺已去到最後階段，張讓笑道：「貪狼，你讓我失望啊。」

「嘿，是嗎？」貪狼反唇相譏，但話說到出口，方自發現自己的聲音略帶顫抖。

張讓饒有深意一字一字地道：「難道你沒有想過，要蹇碩埋伏何進，就算我真的用此計，難道你以為我會在郭勝面前說出來嗎？」

張讓身後的郭勝面色一變。前者眼望宮外，傾耳側聽。忽然，外面的喊殺聲倏然而止，張讓放聲長笑。

心中的不安感壓迫得貪狼快要透不過氣來，他的臉色亦越來越是難看。

「你不是沒有想到這點，只是你和你主子一樣，過於急功近利罷了。」

張讓又再長笑，尖銳的笑聲遙遙傳出去，在宮殿中徘徊不休，讓人心悸不已。

***

長樂宮外的青石板地已被鮮血染得變成紅色，地上堆滿了兩軍的屍體。蹇碩好不容易終於殺到何進的面前。

「何進！今日就是你的死期！」蹇碩朝思暮想扳倒對方，此刻對手就在眼前，他如何能夠不喜？一邊狂笑，一邊指揮著手下向對方衝殺過去。只是，瘋狂的笑臉在下一刻凝結。

然後轉為驚愕……

最後變成不可置信……

只因在對方軍士簇擁的錦甲將軍，根本不是何進。

「這……這……」驚魂未定，卻聽擂鼓聲震天響起，驀地裡四周亮起無數火把，照亮得如同白晝，屋簷上、四周的巷道裏，不知什麼時候出現了無數的何進軍。蹇碩顧目四盼，己方已被重重包圍，伏兵全部搭弓引箭對準自己！

廝殺頃刻間與現場的空氣一般凝住，西園軍將士圍成一圈保護著蹇碩。何進伏兵慢慢分開兩旁，三人一前二後排眾而出，當然蹇碩看到為首之人時，差點沒有暈了過去。

只因那人，正正就是何進！

而跟在何進身後的，便是袁紹與曹操！

蹇碩用力喘了幾口大氣，然後，眼眶忽然微感濕潤，眼前的何進以一種居高臨下的勝利者姿態俯視著自己，似笑非笑的雖不說話，但任誰都看得清楚，他正訕笑著眼前的失敗者。

二人隔空對望，彼此沒有說話。在這個時候，一切說話也是多餘，也是無用。

何進舉起右手，蹇碩舉起右手。

同時用力一揮。

破風聲大作，血霧登時四散。

蹇碩無力地倒臥在地，他的喉頭插著一支羽箭，眼睛瞪得大大，不甘心地看著俯視著他的何進。

咽喉用盡最後一分力氣，卻仍然無法說出最後一句話。

＊＊＊

「喝！」

暴喝聲中，貪狼手中長短雙刀舞動成兩圈光暈，向著張讓猛撲過去。在場所有人都知道他馬上便要發難，但貪狼的動作實在太快，話聲未落之際已經攻到張讓面前。

但見張讓不慌不忙，悠然自得地看著撲到面前的貪狼。後者以為便要得手之際，忽然聽到「嗆！」的龍吟聲響，一道銀光從天而至，準確無誤地打在自己的雙刃上。

貪狼只覺虎口劇震，差點就握不住雙刃，連忙用力一抵，向後躍開。但見一人站在自己與張讓中間，他身穿黑衣，手持銀白長槍，身材中等，不怒而威的國字臉惡狠狠地盯視著自己，這人不是七殺是誰？

「是你！」貪狼咬牙切齒，聲音幾是從齒間吐出。但見七殺頭也不回地道：「你好好保護主公，這叛徒讓我來解決！」言罷，又是一道人影從樑上躍下，站在張讓身旁。

貪狼一看此人，登時心中一涼！原來這人正是本應離去的破軍！

「你根本沒有差走破軍，也根本沒有監押七殺！」貪狼恨恨地對著張讓說道，他相貌本來就醜陋無比，聲音本來就如金屬敲打聲般的難聽，此刻怒到極點，聲音從牙縫之中吐出，更像是惡鬼的吼叫。

張讓冷笑不答，他右手一擺，七殺一挺手中銀槍，喝道：「叛徒！納命來吧！」

「叛徒？可笑！」貪狼自知已無退路，身形一晃，邁步逼近七殺的同時雙刀翻飛如蝶，滾起層層刀浪，密密麻麻向對方攻將過去，刀浪在燭光反射下，端得耀目奪人，殺氣森森。

所謂一寸長一寸強，一寸短一寸險。貪狼雖與七殺不曾交手，但深知面對長槍必先拉近距離，他那邁步本已極是迅速，但七殺長槍造詣極深，如何不明這個道理？雖比貪狼稍慢，但他亦即時後退一步，同時手中銀槍一圈，後發先至重新拉開距離，把貪狼的攻勢化解。

二人一交上手，七殺便立即以快打快，銀槍扎、刺、撻、纏、圈、攔、點、撥變化莫測，旁人但見銀光爍爍，根本看不清槍影，七殺手中長槍猶如化成一條游龍，翱翔九天，聲若奔雷。

貪狼失了先機，但雙刀毫不含糊，滾滾刀浪既如雲海波濤，又如狂風暴雨。若說七殺槍法靈動如龍，貪狼的雙刃則兇猛如虎，雙方互有攻勢，交手不過片刻，兵刃相交聲不絕於耳，十常侍看得觸目驚心，目眩神馳，連破軍也暗讚二人厲害，眼睛眨也不眨，生怕錯過一招半式。

二人翻翻滾滾，頃刻間已鬥過百招，一開始貪狼尚能與七殺拉成均勢，漸漸開始吃力，畢竟雙刀對上長槍終究吃虧了些許，貪狼久攻不下，於是把心一橫，右手長刀擋開七殺長槍，左手短刀夾帶風聲，向對手飛擲過去！

「噹！」

七殺反應得快，槍桿一抬，擋開了激射而來的短刀，短刀被七殺一擋改了軌跡，「剁」的一聲插在殿柱上，直沒至柄！

眾十常侍見貪狼被七殺打掉兵刃，齊聲歡呼，但破軍卻是臉色凝重，神情更加專注。

貪狼少了短刀，非但沒有陷入劣勢，使單刀後的他使用單刀破槍的打法，竟漸漸再與七殺打成平手！

「喝！」

貪狼臨陣變招，七殺一時之間反應不及，前者看準時機，左手一伸握住了槍桿，然後沿著槍桿順勢斬落，這單刀破槍之法一氣呵成，迅疾無比！眼看七殺的手指立即會被單刀削斷，十常侍紛紛「哎喲哎喲」的驚呼出來！

七殺臨危不亂，身子不動如岳，暴喝一聲，雙手用力往上一挑，他這下用了全力，貪狼的左手仍緊緊握住了槍桿，猝不及防，整個人立即就被七殺拋得在半空中打了個筋斗。

「好機會！」七殺本來擋在貪狼與張讓中間，此時情急之下把對手拋到半空，卻等於讓路給貪狼。貪狼心中雖知蹇碩已凶多吉少，但此刻一心只要刺殺張讓，他捉住槍桿的手一鬆，乘勢向張讓猛撲過去。但甫一著地，七殺的銀槍又再從後殺到，貪狼不得不回身擋格，怒道：「混賬的七殺！」

張讓雖武功不高，但他閱歷豐富，知道七殺貪狼實力只在伯仲之間，但此刻貪狼殺得連眼也紅了，拼命之下，怕七殺難以抵擋，便冷笑兩下，朗聲道：「貪狼啊貪狼，良禽擇木而棲，當日蹇碩要你加入十四星，雖是為了在我身邊佈一棋子，你怎麼沒有想到棄暗投明？難道你就沒有預想到今日的局面？嘿！我一直以為你聰明，原來也只是一個笨蛋。」

貪狼豈不知張讓説話只為讓他分心？他裝作沒有聽見，但張讓卻説個不停，又道：「你和蹇碩簡直愚昧至極，以為這等小計就能陷我於死地？實在太過天真了！現在蹇碩恐怕已被何進梟首示眾吧？只可惜沒有親眼看到，嘿嘿！這景象，想想也覺得挺是有趣。」

「嘿！張讓！你休得陷我貪狼於不義！我寧死不降！你還是洗乾淨脖子……哎喲！」

終於，貪狼忍不住反唇相譏，只是他稍一分神，左肩便露出了破綻，七殺瞧得正準，一擊即中。二人相鬥良久，本來兩者都佔不了對方便宜，怎想到這缺口竟是由張讓打破！七殺眼明手快，一槍扎去，貪狼登時中招，鮮血並流！

「叛徒！領死！」

七殺一招得手，攻勢更是如狂風暴雨鋪天蓋地向貪狼攻去。貪狼左肩受傷，鮮血流個不停，聽得七殺罵他，那雙一高一低的眸子忽然瞪得如銅鑼一般，然後撕聲狂笑，招式也隨即如癲如狂，大聲道：「叛徒！？我從來沒有效忠過張讓，談何背叛！？」

七殺見對方攻勢癲狂，一時間竟變成了不要命的打法，他知貪狼垂死掙扎，這陣反撲必然勢頭兇猛，於是轉攻為守，同時罵道：「嘿！蹇碩的走狗！諸多狡辯也是無用！你今天必死無疑！」

七殺這話只是順口而出，怎想到貪狼聽到之後攻勢竟越加癲狂，招招拼命，一邊向七殺急攻，一邊狂笑道：

「哈哈哈！你說得沒錯！我是蹇大人從小養大的一條狗！蹇大人對我有恩，我就替他賣命，即便肝腦塗地也在所不辭！不似得你，立場左搖右擺，不知忠義，只是一隻搖尾乞憐的家犬罷了！」

「你！」七殺心頭一震，想要反唇相譏，卻不知從何反駁，只聽得貪狼續罵道：「當年嘴上喊著蒼天已死的黃巾軍，最後竟淪為張讓的看門狗？這何等諷刺？難道你從沒想過，這個張讓，就是引發黃巾之亂的元兇嗎？！」

七殺聞言渾身一震，登時語塞，只見貪狼的招式越來越快，那柄單刀揮舞得呼呼作響，舞得密不透風，七殺被貪狼一罵，竟似是心神恍惚。二人武功本就在伯仲之間，七殺這一走神，登時連連遇險，身上立時多了幾道刀傷，辛虧他仗著兵器優勢，那些刀傷才不至致命。

貪狼又道：「你為何加入黃巾？不是因為民不聊生麼？不是因為朝政腐敗麼？不是因為十常侍把持朝政殺害忠良麼？不是因為你們相信張角才能帶給你們太平盛世麼！？」

「我……」

「這就是為何我瞧你不起的原因！」貪狼咬牙切齒地道：「為何黃巾兵敗

後你會投奔張讓？你知道你在替誰賣命麼？你為了什麼原因替他賣命？你到底知否你自己在做些什麼！」

「……」七殺被貪狼問得一片混亂，正要舉槍招架，卻被對方瞧中破綻，忽然欺近身來，單刀突破了銀槍的防線，在七殺的肩上劈了一刀！

七殺吃痛，立即抬腿向前一踹，正中貪狼小腹。

不知是貪狼已經不知痛楚，還是七殺這一腳踢得太急毫無力度，貪狼中腳後竟似毫無知覺，稍作停頓就又向七殺展開攻勢，七殺已無暇還口，但見他的臉色青一陣白一陣，兩人雙目通紅，手上兵刃已是不假思索隨心揮出，叮叮噹噹的鬥得燦爛無比。

「你根本回答不了！只因你只是一個隨波逐流的可憐蟲！你根本不似那些視死如歸的黃巾軍，你沒有他們堅定的信念，只是見到鄰里起義就跟著一起，到了兵敗就為保性命甘願投奔敵人！誰給你飽飯誰就是你的主子，你與行屍走肉有何分別！？」

貪狼一路說著，二人手上不停，血花四濺，二人身上綻出無數傷口。七殺怒喝一聲，長槍對準貪狼面門刺去，這一槍本來貪狼必定閃避不及，但他此刻已幾是進入忘我境界，身體反應比腦袋還要迅速，頭微微一側，避過七殺的長槍，然後順勢右手一拖，長刀向著七殺的胸口劈去！

「刷！」

大蓬血液從七殺胸膛激射而出，如潑出的墨水，又如漫天飛舞的火花。

七殺腦袋昏昏作響，他腦海中忽然閃過許多景象，待他回過神來之時但覺胸膛劇痛，鮮血不斷從傷口流出。手上的長槍下意識地揮舞，抵擋眼前對手的攻勢。

原來，適才他千鈞一髮之間後退了一步，這刀才不以致命，貪狼的攻勢依舊兇猛，嘴上也依然説個不停，既似瘋叫，又似怒吼的喋喋不休。

「忠心而無知的走狗！立場變換無常的小人！既無立場，亦無信仰，嘴上説著仁義道德效忠主公，你心中真的是這般想法嗎？不！你沒有！你根本沒有！」

一句又一句的説話敲打著七殺腦袋，使得他心如鉛墜，腦子不停地思考。

這些話就似蟲子一般鉆進他的腦子裏，即使七殺如何想要專注，腦子也不由自主地思考貪狼的每一句話。

對，我為何忠於張讓？我為何投靠黃巾？我為何做著現在所做的一切？

我做的，是對？還是錯？

我是正走著自己要走的路，還是我只是盲目地隨波逐流？

「鐺！」

一聲巨響，七殺貪狼齊向後躍開半步，同時佇立不動。七殺咬緊牙筋，沉默不語，雙目凝視著貪狼。

貪狼也收起了狂笑，凝視著七殺。

那一個疑問在七殺腦海之中翻騰，他不禁問道：「你呢？你知道自己追求的是什麼嗎？蹇碩難道就好得哪裏去？」

貪狼聞言嘴角一陣牽動，卻沒有回答。

瞬間，七殺耳畔忽然似是響了個驚雷，他楞了一楞，心中似乎想到了什麼，緩緩地呼了口長氣。

貪狼看到七殺雙眼開合之間，神情似是出現些許變化。貪狼不知道那變

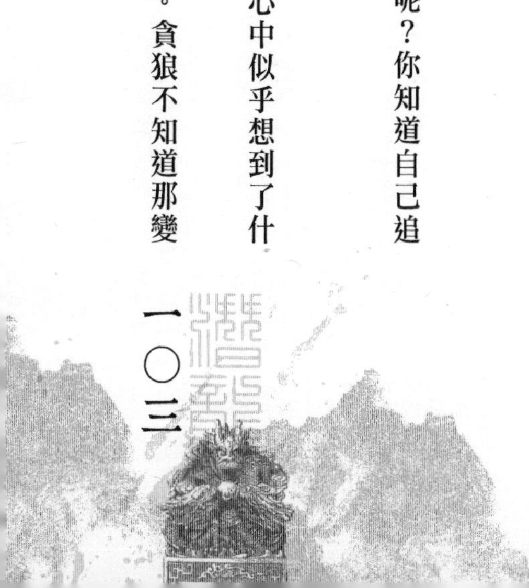

化是什麼，他也不在意，只見他咧嘴狂笑，暴喝一聲，又向七殺猛攻過去！

二人同時向著對方奔去，但七殺只向前奔了一步，立即就沉肩坐下馬步，手中長槍就向前疾刺而出！

貪狼眼利，七殺的長槍長約七尺，但此刻二人相距九尺有餘，他暗道在這距離之下，自己絕對有足夠時間側身避開這招。待距離拉近，在他此刻殺得順風之下，倒下的必然是七殺！

兩人越跑越快，除了破軍之外，其餘人只見兩道殘影撞在一起，但聽「嗆！」的一聲清響，二人停了下來。七殺貪狼交替了位子，各自背對著對方。

「噗刺！」

七殺胸前又出現另外一道傷口，鮮血如噴泉一樣在傷口激射而出，只是這刀劈得不深，七殺尚能忍著站立。他伸手捂著傷口，回過頭來看著貪狼。

貪狼乾笑兩聲，正要回頭之際，胸口的劇痛卻讓他連動也動不了。他想起剛才心中如意算盤打得正響之際，卻忽見眼前銀光一閃，有道流星一閃而過，沒入自己胸腹。

胸口一涼，貪狼不可置信地低頭望去……

他的胸膛，插著七殺那亮白白的銀槍。

明明尚在兩尺外的槍頭，何以忽然扎在自己的身上？貪狼他想不明白，直到他倒下的一刻，他還沒想得明白。

七殺的長槍只有七尺，為何剛剛會忽然長了兩尺？

他不死心，直到七殺腳步蹣跚來到他的面前抽出長槍，然後雙手一按，銀槍「咔擦」一聲，縮回本來的長度。

原來七殺的長槍槍桿內藏機關，只要一按機栝就可以變換長短。

貪狼忽然記起了，巷戰時蝠臨門的殺手，也是死在這招之下，現在的他也敗在這招之下。

貪狼乾笑兩聲，閉上眼睛前，口中仍然喃喃自語，不知說著什麼。

七殺望著貪狼的屍體，心中泛起萬千波濤，在他雙眼一白向後昏倒之際，心中想起了無數舊事。

黃巾時的舊事。

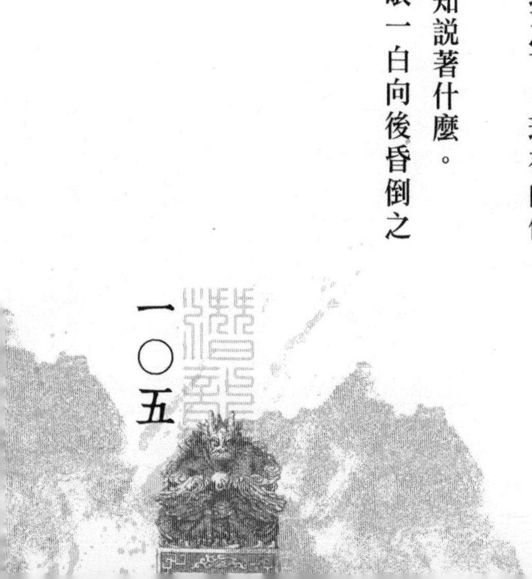

陸

或躍在淵

殺聲震天，四散的血霧把天染得通紅。

輕甲步兵如潮水一般從南門湧入土城內，有些手腳靈巧的趁機爬上城門，把那寫著「張」字的黃旗拆下，如扔垃圾一般扔在地上。

忽然怪風一吹，那面黃旗隨風而起，滿佈破洞的黃旗在火光處處的土城上空孤零零地漂泊。

最後，落在滿目瘡痍的民房上。

風止了，黃旗孤零零地落在屋簷，那曾經在城門前飄揚的旗幟，現在憐憫地看著這殘酷的一切。

民房前有十來具頭戴黃巾的屍體，旁邊的窄巷中，五名年輕的黃巾軍面對著數以倍計的長槍兵。他們年紀最大的那人也只是十六七歲，年紀最少的，只有十二三歲。少年們沒有這個年紀應有的青澀和歡喜，而是渾身浴血，身上佈滿大大小小的傷痕，拿著武器的雙手雖帶顫抖，但那些清澈的眼神面對著敵人卻毫不屈服。

「殺！」

兵長沉喝一聲，頭排的士兵向前急奔，長槍對準黃巾士兵捅去。

「刷！」

少年們已是精疲力盡，除了年紀最大的那人之外，其餘四人頃刻便被長槍貫穿了胸膛。

「蒼天……已死……」

瀕死的少年高舉右手，逐漸反白的雙眸雖失去生命的氣息，但那股清純而不屈的目光沒有隨著生命消逝而沒去。他們鼓起最後的力氣高舉右手，那種姿態就似是有神靈從天而降，牽著他們的手通往天國一樣。

「還剩下一個！」

士兵抽出長槍，那四名少年立時倒地死去，剩餘的那人一咬牙，轉身便逃。

「追！」

黃巾青年才向前奔了幾步，忽然又停了下來。
追趕青年的士兵止住了腳步，兵長遠眺過去，原來窄巷的另一端也有一隊步兵，兩支小隊把黃巾青年圍困在窄巷之中，看來是插翅難飛了。
黃巾青年深深嘆了口氣，喃喃自語的不知説著什麼。
「哈哈！這小子看來是嚇得失心瘋了！」兵長排眾而出，趾高氣揚地玩弄著手上的單刀，身後的士兵們肆無忌憚地狂笑。
「哈哈哈！要求饒嗎？」為首的兵長狂笑道：「該死黃巾賊！好吧！你給爺磕頭，爺或許會放你一馬！」
士兵們的狂笑在耳畔迴響，少年卻依然默然不語。
「啪！」
一聲清響，使得狂笑中的士兵統統安靜下來。
青年用力一踏，把長槍槍桿踹斷，他撿起另外一柄長槍，如法炮製，把長槍變成兩柄三尺上下的短槍。
雙槍在身前隨意一划，窄巷兩旁的土牆被淺淺划出兩道痕跡。
「裝腔作勢也無用，你少點抵抗，爺們給你來個痛快！」兵長與手下肆意大笑，卻無留意到青年目光冷峻，神色肅然，眸子裏透露出的，乃是冷冰冰的殺意。

另一邊廂，一名頭戴黃巾的彪形大漢站在城門前，身上血跡斑斑，手上的大刀已滿是缺口，咬牙切齒地盯著前方。

「孫大人！漢軍已破東門！朝我們這邊殺來了！」

「孫大人！西面的兄弟也完了！」

孫大人默然不語，只焦急地望著前方。忽然，他瞧得遠處人影閃出，方面大眼、手持兩支斷槍的青年從窄巷內飛奔而出，向自己跑來。

「小張！南門情況如何？」孫大人一見青年，連忙問道。

小張身上、臉上均是熱辣辣的鮮血，但身上卻無一個傷口。他奔到孫大人面前，低聲道：

「南門也破了。」

孫大人長長歎了口氣，身邊的士兵、包括剛剛殺出一條血路奔來的小張都不敢再說話。他環視身邊，陪伴自己的一萬大軍，原來只剩下數百。

孫大人長長嘆了口氣，抬頭望天。隔了許久，才一字一字地道：「大賢良師的教誨，你們還記得嗎？」

黃巾士兵們互視一眼，默然點頭。

「我們為何要揭竿起義，你們還記得嗎？」

小張默然，他茫然地顧目四盼，身旁年紀較大的士兵們均老淚縱橫，痛哭流涕。他身旁的老兵更是大聲泣道：「該死的十常侍！該死的官府！」

哭聲此起彼落，小張心中百感交集，他理解不了長一輩如何在官府壓迫之下活了過來，卻又視死如歸地參與起義。他也理解不了年少一輩為何也如此狂熱，把自己年輕的生命揮霍在戰場之中。

小張心亂如麻，就在此時，前方傳來喊殺聲打斷了眾人的悲傷情緒。孫大人目光飄向前方，一揚手中的大刀，指著遠處道：「來了。」

眾人順著孫大人所指方向望去，夕陽映照下的天與以血鋪成的地相連起來，使得放眼過去盡是一片血紅，一片黑壓壓的人群從遠方出現，以整齊而帶著殺氣的步伐，映入眾人的視野之中。那整齊的腳步聲，那如狼似虎的目光，緊緊盯著這批最後的「獵物」，以緩慢而齊整的腳步，向著眾人步步進逼。

「看他們。」孫大人昂首挺胸，舉著手中的兵刃指著眼前敵軍，朗聲道：「看他們，他們像個人嗎？」他話剛剛問了出口，立馬便道：「不！他們不是人！他們是鷹犬、是畜生！只為效忠那該死的朝廷而對我們這些平民百姓兵刃相向的畜生！」

黃巾士兵們聽得咬牙切齒，對著遠方那高舉「漢」旗幟的軍隊大聲咒罵。

孫大人深深吸了口氣，道：「來，讓我們最後喊一次口號，讓我們光榮一戰，帶著榮耀拜見太一！」

眾士兵高聲答應，然後，剩餘這幾百人齊聲大喊，為這戰場奏出最後一聲響亮的號角：

「蒼天已死，黃天當立，歲在甲子……」

「天！下！大！吉！」

光和七年甲子年，太平道張角起義，三十六萬信眾誓死相隨。

同年八月，孫夏戰死，潁川一帶黃巾軍覆滅，漢軍斬殺黃巾信眾數萬。

***

「噢，幾位小兄弟，你從潁川過來的嗎？快過來！快過來！」廣宗城郊一片山清水秀，小張與幾名同伴走在路上，經過道旁的茶寮，裏面的老太太向他們喊了一句。小張順著聲音望去，老太太滿是皺紋的臉上充滿慈祥，對著他們幾人興奮地招手。

「過去坐坐吧，我們……我們已經好幾天沒吃東西了。」身旁的同伴嘟囔。潁川之戰，在孫夏戰死之後，小張與幾名同伴殺出重圍，打算投靠廣宗的黃巾總部，一路上既是被漢軍追殺，又是糧餉不足，本是好幾十人逃了出來，來到廣宗卻只剩下現在幾人。

小張低聲道：「我們已經身無分文了，過了去也如何？」同伴懦懦道：「要不先賒著？我快要餓死了！」小張歎了口氣，道：「我又何嘗不餓？可我們又怎樣去賒？即便我們去了，對方也未必願意。」

小張與同伴尚在爭論，那老婆婆見他們不過來，便主動來到眾人身畔，但見他們幾人滿身血污，衣服殘破不堪，頭上的黃巾更是染滿了血跡，憐憫地道：「真可憐，快來快來。」一邊説著，一邊牽著小張的手走回茶寮。小張不忍拂了老太的好意，唯有任她牽著，來到茶寮坐下。

眾人找了個位子坐下，小張但見茶寮中另有一名老丈在灶前，此時日正當午，茶寮裏卻沒有多少人，有一披頭散髮，身穿黃袍的中年人翹起二郎腿，手上拿著一杯茶，悠然自得地眼望遠處，絲毫沒有理會他們。老婆婆一邊以憐憫的目光望著小張等人，一邊回頭向著老丈道：「老頭子，多拿幾個饅頭給這幾位小兄弟吧。」

老丈一拐一拐地把幾個熱騰騰的饅頭取來，小張這才看到老丈左腳似有頑疾，需要拐杖支撐方能走路，他連忙道：「老丈，不用了，我們沒錢。」老太太立即按住了他的手，搖頭道：「嘿，小兄弟，這是我請你們的。」

幾名同伴見得熱乎乎的饅頭，雖然沒有其他配菜，還是饞涎欲滴，取起饅頭也不怕燙，大口大口地咬下去。兩名老人家憐愛地看著大快朵頤的少年，欣慰地相視一笑。

小張望著兩名老人家，又看了看手中的饅頭，心中百感交陳，正不知如何措辭，老丈已經笑了笑，輕輕拍拍小張的肩膀，道：「小兄弟你知道嗎？天公將軍沒起義前，官兵也好，州牧也好，經過時要不隨意就拿，要不就索要錢財，動不動就拳打腳踢。唉，我們這些老骨頭，哪經得起這些敲打？我的腳，也是當時被他們打斷的。」

小張望向老丈的腳，隨即低下頭不知說什麼話好。老丈呵呵一笑，又再輕拍對方肩膀，續道：「所以啊，天公將軍一起義，老夫馬上支持，若非腿不靈光，我也一定學著你們頭綁黃巾，沖上去殺敵去了。」

想起潁川的激戰，那幾是無盡紅黑色的天際，那佈滿汗水、血水、淚水的戰場，小張苦笑道：「老丈，你該慶幸自己沒身處戰場啊。」

老丈聞言微笑，饒有深意地道：「這片天下，哪裡不是戰場？我們早就在其中了。」

小張微微怔住，一時間未能意會到老丈的話，老丈回過頭去，一拐一拐地回到灶邊，道：「早在黨錮之禍，早在戚宦之爭，天下間所有的百姓，都已身處戰場了。」

小張看著老丈的背影，心中戚戚然感到一陣不適，就似是被人用力掐住一般。忽然，坐在另外一檯的長髮中年人朗聲長笑，小張循聲望去，只見這中年人仙風道骨，長髮飄飄，他坐姿相當隨便，配合他高瘦的身形卻顯得十分瀟灑。他一臉清瘦，臉帶微笑，舉止就如一世外高人一般。中年人向小張招了招手，溫言道：「小兄弟，來，我請你喝杯茶。」

小張走到中年人身旁坐下，後者從茶壺裏倒了杯熱茶出來，遞給小張，他正要喝的時候，中年人忽然按住了小張的手，笑道：「且慢。」小張疑惑地回看他，中年人問道：「你們幾位都是潁川孫將軍的手下嗎？」

小張點頭，中年人詢問了潁川一戰的各種事，包括漢軍如何打敗黃巾先鋒部隊，如何攻破城牆，進城後用什麼戰略進攻等等，均問得鉅細無遺。一開始小張支吾而對，後來發現這中年人左臂上綁著一條黃巾。他知道只有黃巾軍中的高層，才會把黃巾綁在臂上。一念及此，就把潁川的一切經歷告知對方，包括最後孫夏臨死時的說話。

中年人默然半晌，歎了口長氣，道：「孫將軍到最後一刻仍堅守希望，實在難能可貴。」

小張凝視著中年人，隔了一會，問道：「先生，你覺得我們還有勝算嗎？」

中年人維持著微笑，只是笑容上多了點苦澀，他搖了搖頭，然後望向遠方，淡淡然地道：「黃巾終究只是民兵，漢室朝廷縱使腐敗不堪，手下能臣武將終究不少，忠於漢室的武勇之士比比皆是，個個驍勇善戰。黃巾覆滅，也只是時間問題罷了。」

中年人的說話如錘子一樣重重擊中小張，他瞪大了眼詫異地看著對方，不禁大聲道：「按先生這般說，難道黃巾起義之初，就預示到今日的局面？」

中年人饒有興致地看著小張，微笑不語，當作默認。

「如此一來，天公將軍不是把信眾活活送死嗎？既已預示失敗，這樣的起義意義何在？」潁川的情景仍深深烙印腦海，小張激動得站了起來，大聲質問。

「希望。是希望啊。」

中年人直視小張雙眼，那如沐春風的親切微笑，如清泉一樣的透徹甜美。但這笑容不能夠解答小張心裏面的疑惑，更不能讓他忘記潁川的慘況，小張雖然知道此人必定是黃巾高層，卻仍忍不住毫不客氣地駁斥：「只為了希望，就能讓那麼多人白白送死嗎？天公將軍這樣做，豈非草菅人命？他與不理百姓死活的朝廷又有何分別？」

小張的聲音不小，同伴們聽到之後一臉愕然瞧了過來，然後化成懼色四處張望，其中一人喝道：「小張！別亂說話！」老丈和老婦則是互視一笑，然後各自忙去。

中年人仍然保持微笑，那清澈的雙目一眨不眨看著小張雙眼，似要看穿對方一樣，小張被這雙眼睛看得有點不舒服，過了好一會兒，小張也開始冷靜下來，中年人才道：「小兄弟，你要選擇在滿懷希望中死去，還是在絕望中如行屍走肉般生存下來？」

中年人的說話再次猶如一個重錘敲落小張的腦袋，他腦袋一陣昏眩，心中似是灌了鉛般的不舒服，他想了很久很久，垂頭喪氣地答道：「我……我不知道」

「或許我這樣說吧。」中年人笑了笑，轉頭對著老丈道：「這家茶寮在廣宗經營已久了，對吧老丈？」老丈笑著應了一聲，大聲道：「都有好幾十年咯，甚至皇上也換了幾個，我還是在做這虧本生意，哈哈哈。」

「小兄弟，你看此處環境清幽，山靈水秀，對吧？」看得小張點了點頭，中年人續道：「以前老丈不是在這裏，他是在與西羌靠攏的地方，朝廷與西羌戰役頻繁，老丈所在的土地毀了，連河源也髒了，撈出來的水黑如墨汁，那片地方直到如今依然如此，怎樣變也變不回來了。」

小張回頭看老丈，後者似是想到往事，眼望遠處，感觸地歎了口長氣。中年人又道：「當年放在老丈面前也只有兩條路，一，繼續留在一個已經沒救的地方苟延殘存，過著每況越下的生活，然後等待哪一天飛來橫禍死在戰亂之中，或是餓死，亦或是被官兵打死。二，舉家遷離，嘗試去新的地方，嘗試換新的環境。」

小張聽得一頭霧水，似懂非懂，心中有些想法，卻如蝴蝶一樣捉不住，又在腦海中的指縫中飛走，但聽中年人續道：「老丈換了一個新的環境，結果他的腿被官兵打斷了。只是卻找到了這麼一個清幽的環境，結果一日三餐也不愁了。或許戰亂之中他還是會被戰火波及而死，或許換了環境也未必會好，只是生命就是如此。為了自己的希望開拓新的領土，縱然最後還是死路一條，至少曾經努力過，燦爛過。」

小張仔細咀嚼中年人的話，但他終究年輕，不能理解對方的深意。

中年人看著思索中的小張，笑著問道：「若然有這樣的機會，小兄弟，你會如何選擇？」

柒

飛龍在天

鐵蹄重重踏在路上，擂鼓般的馬蹄聲撕破漫漫長夜。城郊大道上，紫微與太陽駕著兩匹駿馬前後奔馳，揚起陣陣塵沙。

太陽性格雖然粗枝大葉，絕非心思細密之輩，但今夜發生的事情實在太多，此刻心中仍隱隱覺得不妥，一種莫名的不安在心中驅之不散，但到底是什麼，他卻又説不出來。瞧向紫微，對方一路無話，素來冷靜的臉龐愁眉深鎖，顯得心事重重，嘴裏一直低聲碎碎唸不知自言自語些什麼。

太陽加入十四星已好一段時日，紫微文韜武略樣樣精通，辦事直接了當心狠手辣，太陽對這首領佩服之至，覺得只要有紫微在此就萬事能夠解決。今日難得見到他如此煩惱，心中不免嘖嘖稱奇。

紫微心裏面正整理著今夜發生之事，心道：「張拓計劃被貪狼七殺知曉，今夜必有行動，十常侍單靠府兵根本不足以抵抗羽林軍和何進，以張讓作風，定會叫其他常侍與他一同遷回長樂宮以便調動禁軍抵抗張拓與何進。」他竭力思索著，卻不想太陽忽然策馬上前來到他的身旁，喚道：「紫微大哥，紫微大哥！俺忽然想到一事！」

太陽對紫微千般崇拜，不似其他十四星對他又敬又怕，於是紫微對這頭腦簡單的屬下還是比其他同僚好上幾分。思緒倏然被太陽打斷，紫微冷漠的臉龐也露出一絲不悅，但他並沒發作，只斜眼看了看對方，沒好氣地道：「你能想到什麼事情？」

太陽咧嘴一笑，然後道：「俺思想向後，張拓計謀敗露，很有機會今夜就攻打主公。紫微大哥不如去找西園軍蹇統領出手相助？他與何進不睦，必肯答應。接應天府天機尚是小事一件，俺自可辦得妥當。」

紫微聞言幾乎笑了出來，道：「太陽你當真草包得很，有殺破狼三人，絕對無人能傷得了主公分毫，蹇碩他雖也是常侍出身，可是向來對主公……」說到一半，紫微把那句快要吐出口邊的「嫉妒得很」嚥了回去，他腦中忽然似從漆黑中捉住一陣光芒，腦海中不斷閃現靈光，頓時，之前想不通的事情全部迎刃而解，心道：「對啊！就算有殺破狼三人和禁軍，張讓也只夠自保性命，兵力絕對不足以抗衡何、張二人聯手。以張讓行事作風，豈會如此被動？他沒有兵權，唯一可調度的軍隊亦只有禁軍而已，所以，他必定會找上蹇碩。如此這般，貪狼他……」

想到此處，紫微的思路越加清晰，心想：「蹇碩唯利是圖，今夜是扳倒張讓的大好時機，他絕對不會輕易放過。」

「吁！」

紫微用力一勒馬韁，胯下馬匹立即長嘶一聲，人立而起。太陽見狀也立即勒住馬匹，一臉疑惑看著首領。但見紫微臉色忽爾繃緊，忽爾又如平日般古井無波，神色變化不定，瞧得太陽忐忑不安，迷茫至極卻又不敢追問。

紫微在原地想了一會，忽然喚道：「太陽。」

太陽立即應道：「在！」但見紫微一直看著自己，欲言又止了好幾下，最終長長嘆了口氣，緩緩說道：「你說得極對，張拓奸計暴露，今夜肯定便會動手。主公只有禁軍絕不足以抵抗張拓何進二人，所以主公可用之人只剩下蹇碩而已。但就算蹇碩出兵相助，恐怕亦有一翻惡戰，勝負實在難料。你乃十四星中的先鋒，現在快馬回去協助主公抗敵，我把劉宏綁回長樂宮為質，張、何二人必會投鼠忌器，不戰而潰。」

「不！紫微大哥！若洛陽情況真如你所說般的兇險，十四星以你馬首是瞻，還是你回去指揮比較妥當吧！」

紫微默然看著太陽，神情再次變幻數次，忽然，他恢復了平日的冷酷，淡淡地道：「好吧，你也說得有理。你緊記，待會去到西苑，天府天機二人若是無事的話，立即把劉宏接出來。有劉宏為質，可牽制何進張拓，就算他們斗膽繼續攻打皇城，主公便可用謀反之罪誅殺二人。所以接劉宏出來也是至關重要，你曉得了嗎？」

太陽一向只是衝鋒陷陣，從沒因為提出意見而獲得紫微稱讚。此刻對方雖無明說，但語氣顯得對他讚賞有加，又想到自己提出的意見竟幫助首領解決煩惱，立時心花怒放，連聲稱是。

紫微又道：「若不幸劉宏已被張拓劫走。你記得切莫硬碰，快馬追上來找我。看我如何從張拓手中搶回劉宏。」要知道張拓手下既有羽林軍，又僱用了蝠臨門，若他真的劫走劉宏，定把後者保護得密不透風，但聽紫微說得如此輕鬆，端的豪氣干雲，太陽更是佩服得五體投地，心想必要不負所托，他用力一拍胸膛，大聲道：「紫微大哥，你放心！太陽馬上去辦！」紫微點了點頭，道：「好，咱們分頭行事，你萬事小心！」言罷，二人分頭策馬離去。

紫微少有對太陽交託重任，此刻太陽士氣高昂，一路上快馬加鞭，過了不久，他已經遠遠見到西苑了。

西苑既為張讓軟禁靈帝劉宏之地，守衛自然森嚴，大門前的衛兵遠遠瞧見太陽，有兩人已經跑回宮內通傳，數個弓兵立即拉弓挽箭，兵長帶著剩餘衛兵挺起長槍對準他，喝問道：「來者何人？」

太陽奔到近處，那兵長瞧見他左臂上銀光流動，定神一看原來是十四星的木牌，登時臉色大變，連忙喝令手下收起兵器，上前恭敬地道：「原來是十四星的大人！小人有眼不識泰山，還望……還望恕罪！」

太陽長笑一聲，大聲道：「無妨！」接著翻身下馬，徑直走進苑內。

兵長識趣地叫手下牽過馬匹，走在太陽身旁賠笑道：「請問，閣下是十四星中哪位大人？」

「在下太陽！」

那兵長立時道：「原來是十四星中的太陽大人！果是英明神武，氣度不凡，下官剛才只是盡忠職守，請太陽大人千萬不要放在心裏……」

太陽哈哈大笑，道：「好了好了。天府和天機呢？」

太陽身高腿長，又是個急性子，說著走著已經來到思賢殿前，那兵長尚未回答，遠方已有兩名黑衣人朝太陽奔來，正是聽到衛兵通傳後立馬趕來的天府和天機。

二人見到太陽，立即齊聲問道：「太陽？你怎麼來了？」

見到二人無事，太陽心下稍安，便把今夜發生之事說了一遍。他不善辭令，費了好些唇舌才把今夜之事說得了個大概。天府天機二人大驚失色，這才知道今夜城中如此腥風血雨，天機默然半晌，道：「張拓與何進今夜必然動手，主公別無他法，唯有禁軍可用。即使有紫微大哥，還有蹇碩幫忙，恐怕亦是勝負難料。」

太陽讚道：「天機果是咱十四星中的智囊！紫微大哥剛才也是如的說！」

天府問道：「太陽，那紫微大哥要我們如何？」

太陽道：「紫微大哥叫我們把劉宏綁回長樂宮為質，讓張何二人不敢亂動。」

天機道：「紫微大哥此計甚妙！那事不宜遲，我們分頭行事，我先作個說辭，對衛兵說皇上準備起駕，讓他們在此待命便可。天府，你去準備馬車，太陽，你去挑十來個身手不錯的衛兵，隨我們運送劉宏。」

天機吩咐得妥當，天府太陽二人自無異議，便各自行事，相約半個時辰後出發。

太陽親自挑選了十來個精壯衛兵，去到思賢殿前等待天府天機二人，眼看約定時間將至，卻仍未見得有人。太陽正奇怪之間，忽然聽得遠處人聲喧嘩，幾個人腳步急促氣急敗壞地奔了過來，太陽眉頭一皺，道：「搞什麼？」但見奔來的三名衛兵神色慌張地道：「太……太陽大人，大事不好了！大事不好了！」太陽道：「什麼事大驚小怪的？」其中一名衛兵道：「天府大人……死了！」

太陽腦海如同響了一記響雷，驚道：「什麼！？帶我去！」

衛兵當即帶著太陽向馬廄走去，到了馬廄，只見十來個衛兵圍成一團，見得太陽來到，紛紛讓開。

天府的屍身倒在馬車旁邊，胸前一道觸目驚心的傷口從胸膛划到下腹，腸臟溢出，鮮血沿著屍體形成一個大大的血窪，天府雙目圓瞪，神情驚恐，右手食指伸出，似是見到什麼可怖之事，死狀極為可怖。

太陽膽大心雄，做事卻向來莽莽廣廣，此時他心煩意亂，不知是否蝠臨門的殺手來到，連忙四處張望，又是躍上高處眺望，但他粗枝大葉，又能發現些什麼蛛絲馬跡？胡亂忙了一陣，也只是白花氣力。身旁的衛兵不知發生何事，見太陽如此緊張，也是驚恐至極，頓時圍成一團議論紛紛。

「難道是什麼敵人來了？怎會如此？」

「我剛剛偷聽到他們的談話，好像是……好像是……張拓僱用了蝠臨門殺手，要把張常侍等人……」

「蝠臨門？那燕州殺手組織？」

恐懼猶如疫病般的擴散，驚恐的神情很快蔓延到在場所有衛兵的臉上。太陽六神無主，聽得心煩，怒喝：「你們説夠了沒有？閉嘴！」他喊出聲來，才發現自己的聲音居然亦是微微顫抖。他忽然想起天機，心道：「天機聰明絕頂，或許能夠看出什麼端倪。」

就在此時，又有幾個衛兵從遠處疾奔而來，驚呼道：「哎喲！太陽大人！太陽大人！」

「又什麼事！？」太陽心中一驚，問出的話也略帶顫抖。

那衛兵呑了一口口水，道：「天機大人……天機大人死了！」

這一驚當真是非同小可，太陽整個人幾乎跳了起來，即刻要那幾個衛兵引路，去到天機的廂房前，但見廂房大門敞開，天機身首分離，脖子以下的屍身俯臥在門前。太陽走到旁邊，但見天機的頭顱如皮球一般掉落在房間之內。

太陽再愚鈍，也看得出天機死的時候定是準備回自己的廂房，卻在開門一刻遭遇暗算，故此腦袋才掉進房裏。他又驚又怒，心中頓時沒了主意，身旁的衛兵們又是亂作一團。他左想右想，絞盡腦汁，忽然想起紫微對他的叮囑。

「接劉宏出來至關重要，你曉得了嗎？」

一想及此，太陽用力一拍自己大腿，朗聲道：「對對對！接劉宏出去至關重要，接劉宏出去至關重要！」立即再點了十來個衛兵，與之前召集的共二十來人，也顧不得天府天機的屍身如何處理，立即就要把劉宏運去洛陽。

太陽吩咐完畢，走到思賢殿門前，雙手用力一推，木門「砰」的一聲打開，一股中人欲嘔的酒氣立時從殿內湧出來。他大步邁了進去，但見殿內並無燈火，透過門外的火把，他看到劉宏半坐在榻上，神態虛弱不停咳嗽，他一手捂著胸口，那雙濁黃的眸子一眨不眨地盯視著自己。

太陽走上前，連跪拜禮也不行，道：「皇上，我們要出發了！」

「咳咳咳……」劉宏咳了好一會兒，盯著太陽冷冷地地問道：「朕可不記得說過要起駕。你是誰？竟敢夜闖皇上的寢殿？」

太陽不虞劉宏會有此一問，楞了半晌，道：「俺是太陽。奸賊張拓今夜謀反，皇上趕快跟俺……」

劉宏冷哼一聲，打斷太陽的話，冷笑道：「張拓謀反？朕不通武略，隨你去又能怎樣？」

太陽不善辭令，登時語塞，不知從何說起，他左思右想，都想不到適當藉口，最終不耐煩地道：「嘿！你這皇帝咋如此麻煩？什麼事情你也甭管，隨俺來便是！」他走上前去，揪著劉宏衣領要把對方提起，雖說劉宏身體虛弱，但他肥腫難分，少說也有百來斤，太陽力大氣雄，竟不費吹灰之力，如老鷹提小雞一樣單手把劉宏揪起。劉宏自知反抗亦是無用，乾脆一路冷笑，一路被太陽揪著離開思賢殿。

太陽把劉宏放進馬車之中，便領著那二十幾名提心吊膽的衛兵立即起行，離開西苑。劉宏體型臃腫肥大，偏偏又身體虛弱，受不了顛簸勞碌。如此一來，他既不能獨自騎馬只能坐車，馬車又不能太快，縱然太陽心急如焚，想儘快回到洛陽，也是空自焦急。加上不知敵人會否在路上埋伏，太陽又驚又怒，身旁的衛兵又戰戰兢兢，眾人一路上都是提心吊膽，步步為營。如此一來，眾人的馬再快，也提不起速來，本來只需要一個時辰的路程，花了近一倍時間，仍未見到洛陽的城門。

太陽在馬車旁護衛，心中不斷憶起天府天機二人死狀，頓時心情煩惱，卻又苦無地方宣洩。此時，他聽到身旁的兩名衛兵低聲議論道：「真是糟糕，不知對方埋伏在什麼地方，這趟路真的不好受！」太陽本就心情不佳，聽到衛兵的話更是火冒三丈，暴喝如雷的道：「瞧你們兩個膿包，有什麼好害怕的？這些刺客只會刺殺，若正面交鋒，我定必拿下他們的人頭！」他的話完全沒有經過大腦思考，純粹發洩一時之氣，那兩名衛兵見他如此，自是不敢再說。

又走了好一段路，但聽馬蹄聲響，最前方的衛兵忽地回頭，向自己策馬奔來，一邊叫嚷道：「太陽大人！大事不好了！」

「何事驚慌？」

那衛兵停在太陽面前道：「前方有數百兵馬，是羽林軍！」

「羽林軍？」太陽又吃了一驚，追問道：「你確定？」

衛兵答道：「千真萬確，我還認得為首之人，正是張拓！」

太陽一聽，似是明白一切，大聲道：「嘿！天府和天機準是蝠臨門下的殺手的沒錯！若非如此，哪裏會如此湊巧！」他咬牙切齒地道：「好，就看俺在這裏直接把張拓殺了，瞧他怎樣去攻打主公！」

眾衛兵面面相覷，說話的那衛兵心想：「對方好說也有數百人，打到過來，你一人能殺多少？」其他衛兵也有相同想法，暗道今日當真性命休矣，更有些的已經心中默想如何措辭投降，方能保住性命。

但太陽沒有察覺手下的異樣，朗聲道：「擺好陣勢！我來會一會張拓。」

眾士兵不情不願地排出一個方陣，太陽居中。正當太陽摩拳擦掌要大幹一場之際，忽然，身邊傳來一聲歎息，太陽側頭望去，一名衛兵正低著頭，連聲嘆氣。太陽登時大怒，立馬喝罵道：「你！嘆個什麼鳥氣！」

太陽的怒喝如春雷乍響，嚇得眾士兵膽顫心驚，眾人幾是忘了前方敵人步步逼近，回頭看著那歎氣的衛兵。

但見那衛兵不為所動，絲毫沒有被太陽嚇到，只長長地又嘆了口氣，把手中長槍往地上一擲，然後雙手一翻，但聽「嗆」的一聲清響，衛兵手中如變戲法般的多了兩柄長劍。

「太陽，你即便恨我，也沒有辦法。」

太陽聽到這聲音極是耳熟，卻一時間想不到是何人，他一臉懵然，不可置信地看著那人，喝問道：「你……你說什麼？」

其他衛兵也察覺不妥，心中忐忑不安，卻又不敢亂動。他們都感覺到，誰先動，那兩柄長劍就會刺向誰。

持雙劍的衛兵右手往頭上一抹，脫掉頭盔，露出面目。太陽一見此人相貌，登時嚇得說不出話來。只見這人輪廓分明，相貌英俊冷傲，深邃冷酷的眸子如兩道寒光一般緊緊盯著太陽……

這人，不是紫微是誰？

「紫……紫微大哥？」太陽完全不能相信自己的眼睛，他疑惑地問道：「你……你怎會在此？你……你不是趕回洛陽，幫主公向蹇碩求援嗎？」

紫微道：「連你也能想到的事情，張讓怎麼不會想到？他自會派人向蹇碩求援，又何必我去多此一舉？」

太陽猶未能夠理解眼前的狀況，不知所措地看著對方。此時，不苟言笑的紫微不知是否心情太好，竟露出微笑，只是這個笑容此時在太陽眼中看起來卻是詭異可怖至極，而紫微嘴角雖露出笑容，但眸子中的冷意卻絲毫未減，就如一隻奸狡無比的狐狸一樣，使太陽越看越是心寒。

紫微道：「你肯定尚未明白，罷了，趁尚有時間，就讓我說清楚一點吧，雖然說了你亦未必能夠領悟。」他雙手玩弄著劍花，道：「本想饒你一命，讓你回去幫助張讓，豈知你硬要我去，也罷！我轉念一想，天機不似你頭腦簡單，若接走劉宏的計劃由我口中說出，以他的聰明才智說不定能看出什麼端倪。所以，我便裝作聽從你的建議離開，留你獨自向天機交待此事。果然不出我所料，從你那永遠說不出重點的口中，連天機也一時之間聽不出破綻。只是他真不愧為十四星中的智囊啊，終究也發現了一些端倪。幸虧我下手得快，不然待他飛鴿傳書回去，那可就功敗垂成了。」

太陽心頭一震，顫聲道：「紫微大哥，殺死天機和天府的竟然是你？」

紫微微微點頭，此時，他聽得馬蹄聲響，回頭望去，羽林軍已停在不遠，為首的那人神態威武，滿臉鬍鬚，正正就是羽林中郎將，掌管羽林軍的張拓。

張拓見到此情景，不知正發生何事，一臉狐疑地看著他們。

紫微看著滿臉驚愕的太陽，輕輕嘆了口氣，道：「好，也差不多了。」

忽然，太陽看到紫微眼中閃出一絲殺意，他身體反應遠遠迅速過腦袋，還沒來得及明白發生何事，身體已抽出兵刃，但見一道流星在眼前閃過，兵刃上傳來一陣巨力，整個人騰飛而起，重重摔落在地。

太陽半蹲而起，抬頭望去，紫微站在自己剛才所坐馬匹的鞍上迎風而立，居高臨下地看著自己，動作瀟灑至極。

「說句實話，十四星中數你最無機心，我也不想對你下手。」

太陽向來對這首領佩服萬分，哪曾想過會有今日景象？他感到胸口像是被掏空一樣的難受，漸漸地，被背叛的怒火開始從胸口燃起，他頭腦一熱，不顧身手與紫微有所差距，大叫一聲，提起兵刃向著對方猛撲過去。

眼前再次出現一道流星，這次太陽有了心理準備，立即舉起兵刃擋格。只是，這道流星去到半路卻忽然轉變方向，明明前一刻還是直刺，現在卻不知怎地變成從下而上刺來！

太陽反應不及，紫微的長劍登時沒入了他的右眼，「噗」的一聲穿腦而過！

太陽以剩餘的左眼瞪著紫微，兵刃脫手掉地，他右眼已無法視物漆黑一片，左眼視線越來越模糊，意識亦漸漸被抽空。

模糊中，他似是看到紫微神情有所變化。

那是憐憫？那是可惜？那是不捨？還是什麼？

太陽想伸手摸向這他曾崇敬的首領，卻發現自己的手已經抬不起來。

漸漸，他意識漸失，隨著紫微的長劍從他腦中抽出，那巨大的身軀才轟然倒地，泛起的塵沙也染上了一抹紅霞。

衛兵有的拿著兵刃發呆，有的已經震懾於紫微的功力，嚇得屎尿直流。

羽林軍則是不知發生何事，愣在原地。

紫微看著太陽的屍身，深深吸了口氣，似是要讓自己平復下來。然後他不理其餘眾人，推開馬車的大門，但見劉宏安坐在內，一臉狐疑地看著自己。

紫微正欲説話之際，身後的張拓才看到馬車內的劉宏，立即大聲喝道：「紫微！休得傷害皇上！」

紫微頭也不回，面對著劉宏雙膝跪下，行了一個三跪九叩之禮，然後朗聲道：「臣紫微，叩見皇上。」

「紫微？」

剛才二人的説話，劉宏全聽在耳裏，他一邊咳嗽，渾濁的雙目疑惑地審視紫微，然後又看了看他身後的張拓，他雖被張讓安排長年累月浸淫在酒色之中，使得有氣無力，坐姿歪歪斜斜，雙目亦渾濁不堪。但此刻神色之間，仍有幾分皇帝應有之王者氣概。那殘破的身軀忽似重新注入生命，挺了挺胸膛道：「朕等你很久了。」

張拓一臉錯愕，他下令羽林軍士兵舉起長槍指著紫微後背，然後走上前來，去到劉宏面前雙膝跪下行禮，道：「皇上有所不知，這紫微乃張讓麾下十四星之首，現在如此也不知有何陰謀詭計，還望皇上小心！」

劉宏聞言淡淡一笑，轉眼看著紫微，道：「你取出來吧。」

「臣領命。」紫微從懷中取出一物輕輕向張拓揮出，那東西不緩不急、無聲無息平平飛到後者身前，猶如有人親手輕輕放到他面前一樣。張拓伸手接過來物，先是微微愕然，忽然似是明白了什麼，登時臉色大變，舉手捂嘴以防自己驚呼，再望向紫微時神色大是不同。

只因他手中的物件，正是劉宏的隨身玉珮！

「張大人與大將軍今夜討伐閹黨，張讓必定會調動禁軍抵抗，臣懇請皇上鑾駕親征，平復亂黨，重振漢室江山。」紫微擲地有聲，一字一字地說出讓場中所有人震撼的話：

「臣潛龍，定必相伴皇上左右，保護皇上周全！」

＊＊＊

夜空漆黑一片，孤月躲在重雲後面不肯露臉，毛毛細雨正悄悄無聲地飄落著。雨點雖輕，卻是密密麻麻下個不停，就似千萬條細絲織成的簾幕在微風中在半空蕩漾不休，緩緩披落黑油油的郊外。

雨點淅淅瀝瀝地下著，激起泥土的芳香，別有一陣清新。郊外的小道上，正有一輛馬車冒雨急馳，馬蹄與車輪聲在萬籟無聲的夜晚格外響亮，那一雙車輪在濕潤的泥地上轆轆駛過，拖曳出一道長長的痕跡。

駕駛馬車的車夫一手拿著馬韁，一手拿著火把照明。他是名年約二十的禿頭男子，雖然坐著仍能看出身材又高又瘦，他雙頰與眼窩深深陷了下去，整個人活像個骷髏一樣，在忽明忽暗的火光下有一種別樣的可怖。男子重眉深鎖，身邊橫放著兩柄兵刃，他不時回頭向後望去，似是擔心有什麼人追趕他一樣。

馬車裏坐著一名年約十一二歲的少年，另有一名年紀與他相若的侍婢侍服在側。

少年的一身雪白錦衣不但滿佈風塵，更有橫橫豎豎數之不盡的血污，並發出陣陣中人欲嘔的酸臭味。但少年對此彷如不覺，他只蜷縮在角落之中，把頭臉深深埋在雙膝裏，馬車一路的顛簸也沒讓他姿勢有任何改變，整個人宛如尊雕像一般。

侍婢一言不發，滿臉憐愛地看著少年。忽然，少年抬起頭來，從窗戶眺望出去，他看著漆黑一片只有無數剪影晃動的田野，那雙流星俊眸黯淡無光，空空洞洞的不知看著什麼。過了半晌，他緩緩打開剛才緊緊攥著的拳頭，低頭凝視著手中的物件。

那是一塊玉佩，一塊刻有「劉」字的玉佩。

少年並非普通人，他姓劉名睿，乃漢常山王劉昞第五代從孫，只因父親乃是庶出所以沒有繼承常山王的封地與稱號。但縱使如此，他一家還是在真定縣有一所大院，父親為當地縣令當個主簿，生活倒是無憂。

劉睿聰察岐嶷，五六歲已熟讀四書五經，學富五車，文韜武略無一不精，無一不曉，而且他待人仁義，年紀少少已頗有大將之風。劉睿父親對這兒子寄予厚望，期望他能日後舉孝廉為官，憑其才智平步青雲直入殿堂，光大門楣。

可劉家人一切的美好願景，就在日前化為烏有。

當時正值第二次黨錮之禍，劉睿之父慘受牽連，眼見十常侍派出的官兵就要來把自己抄家，劉睿之父打算連夜逃難，卻不想被親信告發，最終還是被十常侍的爪牙擒獲。眼見全家人無一倖免之際，幸好劉家有一武功精湛的啞巴守衛，他使盡渾身解數殺死獄卒，竟成功帶著劉睿與一個貼身婢女逃了出來。

可也因為如此，劉家全部在翌日於東城門問斬。

而這一切，全被躲在暗處的劉睿看在眼裏。

啞巴買通門衛逃了出城，再於郊外農家盜了一輛馬車連夜逃難，劉睿一日之間失去所有，頓時從一個天真爛漫的少年變得異常沉默寡言。這三天裏，劉睿幾乎不吃不喝，不眠不休，不論啞巴侍婢如何好言相勸，他都充耳不聞。啞巴侍婢又不敢冒犯少主硬灌他飲食，只能心急如焚地看著對方終日緊握著家傳的劉氏玉佩，低頭蜷縮一角，不知正想著什麼。

馬車漸漸慢了下來停靠在路旁。啞巴鑽進車中，對著侍婢大打手勢，叫她試著勸劉睿進食。雖然已經失敗過無數次，但侍婢還是對劉睿柔聲道：「少主，還是吃一點乾糧吧，我們此去荊州尚有月餘路程，你再不吃點，身體可會吃不消的。」

啞巴與侍女本以為少主會像前幾日一樣對二人不理不睬，卻不想這次劉睿卻抬起頭來，接過乾糧，大口大口地進食，啞巴與侍女喜出望外，連忙取出水與更多乾糧服侍少主。劉睿接過水袋大大灌了一口，瞥了一眼眾人手中的乾糧，低聲道：「你們也吃。有力氣，咱們才能走下去。」

聲音雖有氣無力，雖稚氣未除，卻有一種不容拒絕的威嚴。

啞巴與侍女相視一眼，均有點不知所措，二人未適應劉睿的改變，一時間面面相覷，相顧無言，只能按著對方所言照辦。卻見劉睿飛快地吃完手中乾糧，猛地灌了口水，再次從窗口眺望出去。

侍婢看到，這次劉睿的目光已沒了適才的空洞。

取而代之，是堅定而閃爍著灼熱的目光。

「不用去荊州了，也不用打算去投靠任何一個漢室宗親。我們家是庶出，那些自詡尊貴的漢室宗親不會保護我們。」

劉睿淡淡然地說著，冷漠的語氣與熾熱的目光形成極大對比，言罷，他扭頭望向啞巴，一字字地道：

「軍哥，帶我去隴西，我要拜你師父『隴西神劍』為師。」

「我要先學得一身武藝，然後，我要取回失去的一切。」說著說著，劉睿眼角泛起淚光，但他的表情卻是冷酷而堅定，他深深吸了口氣，目露凶光咬牙切齒地道：「我要把他們逐一逐一殺死，我要奪回他們從我身上奪走的一切……」

「我！要！報！仇！」

拜入啞巴師父『隴西神劍』門下後，劉睿日以繼夜地刻苦鍛煉，或許他真的是個文武雙全的奇才，也或許是皇天不負有心人，劉睿的武藝進步一日千里，學藝只三年已經能夠與啞巴平分秋色，再過兩年，不但已比啞巴厲害，更青出於藍勝過師父。

至於侍女，她並非學武的材料，劉睿叫她不再服侍自己，日後復仇的道路上滿佈泥濘，侍女無法保護自己實在危險萬分。

侍女鐵心要相助少主，心忖自己既無學武資質，何不去學些旁門左道，總對少主復仇之路有多少幫助？於是她默默離去，遠赴雲南苗疆之地，學習當地的毒術與媚術。

若干年後婢女重返中原再與劉睿相見時，後者已經出師，並開始剿殺當年有份謀害他家的仇人。從背叛他父親的舊部，到圍剿他們的官兵，再到下令全家抄斬的知府，全被三人殺個雞犬不寧，片甲不留。

那年，三人站在一所別院前，抬頭看著上方「張府」兩個大字，劉睿深深吸了口氣，然後看了看站在身後的二人，說道：

「現在，就剩下他了。你們要後悔，此刻還來得及。」

侍女與啞巴相視一眼，然後齊齊對著劉睿咧嘴一笑，接過二人的目光，劉睿冷漠的面孔綻放出罕有的溫熱微笑。

彷彿，一切回到多年之前。

劉睿閉目抬首，再次長長呼了口氣，當他再度睜眼時，目光變回一向的冷漠而深邃，沉聲說道：「今日開始，我不再叫劉睿。」

「我叫紫微。」

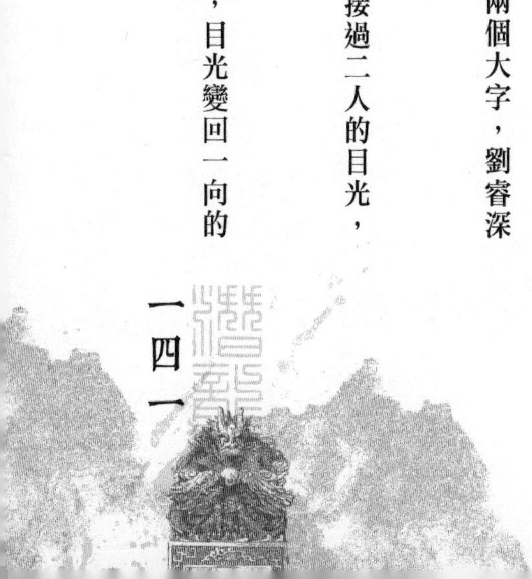

捌

亢龍有悔

長樂宮前的殺戮終於完結，西園軍見首領已死，副統領袁紹、校尉曹操又早投敵軍，紛紛望風而降。

士兵把蹇碩的人頭割了下來，放在盤子上端到何進面前。何進見得蹇碩首級，登時呵呵大笑，吩咐手下道：「把這廝的人頭高高掛起！我要張讓在宮裏也能看到！」手下找來了一支旗杆，把蹇碩的首級高高掛起，夜風一吹，首級如皮球般一晃一晃，何進放聲大笑。

何進與蹇碩等宦官水火不容，這誰也知道，今夜終于似要為這漫長的鬥爭畫上句號，眾將士感受到這氣氛均是精神一振，齊聲吶喊助威。何進見投降的西園軍要不阿諛奉承，要不神色木然，心道：「這些新加入的終究信不過。」

他想了想，召來了袁紹曹操，道：「曹操，你帶走這些降兵，以防他們忽然轉投敵陣。袁紹，你也領一軍去十常侍府邸搜刮，看看有沒有其他埋伏。長樂宮裏的張讓，就交給本將軍對付吧。」

袁紹立即點頭稱是，正要去準備，曹操較心思縝密，扯住袁紹衣袖，對何進道：「大將軍，若我們各領一軍離去，你手下還夠兵力對抗張讓嗎？」

何進正要說話，腳步聲急響，一名士兵從遠方奔到自己面前，喘著氣道：「大將軍！張大人來了！」何進等人遠遠望去，果見遠方有一軍緩緩靠近，何進對袁曹二人解釋道：「張大人與我兵分兩路，他去西苑迎接皇上，我在城中殲滅蹇碩。現在看來，他已把皇上成功接來了。」

衛兵退了下去，待張拓等人越靠越近，何進看得清楚，張拓身旁的馬上坐著一人，一看那人身影，何進立即熱淚盈眶，待走得近時，更是確定自己並無認錯，那人正正就是當朝皇上劉宏！

「皇上！」何進與袁紹等人奔向劉宏，拜倒在地。

劉宏遠遠看到何進時，亦已喜不自禁，他長期被張讓軟禁，不但張讓把所有誅殺異己的事放在他頭上，害得他被安上一個昏君罵名，後來更是禁止劉宏接見群臣。今夜見到這幫忠臣，劉宏心中激蕩得說不出話來。他眼眶微微濕潤，喜道：「好，眾卿家好。」

張拓下馬對著何進拜倒，道：「大將軍，辛苦你當先鋒了。」

何進也對張拓作躬，道：「什麼說話，也辛苦張中郎把皇上迎來了。」何進回頭對袁曹等人道：「為免走漏消息，我倆不便把營救皇上之計劃說出，把諸位蒙在鼓裏，實在抱歉。」

眾人謙遜寒暄一翻，劉宏拍了拍何進肩膀，道：「朕能脫離張讓魔爪，除了張中郎將外，還多得潛龍幫忙，若非是他，朕此刻仍被十四星劫持。」

「原來竟是潛龍救了皇上？」何進詫異道：「我還以為他現在身處皇宮之中，準備裏應外合誅殺張讓呢！」

「誅殺張讓還是其次，當然要以皇上性命安危為首要任務，大將軍，不是嗎？」紫微臉帶微笑，從旁走了出來，對何進深深一拜。

何進一見紫微，立馬愣在原地。身旁的劉宏道：「本來張讓派出十四星挾持朕，幸虧潛龍及時出手，把那幾個十四星全部幹掉，朕才安然無恙。大將軍，你培育潛龍有功，今日之後朕必重重有賞。」

紫微道：「這是微臣職責所在，微臣實在不求賞賜。」何進一直看著紫微，隔了好一會兒才冷笑了兩聲，道：「對，皇上。紫微這家伙平日總是胡作非為，臣對他也是頭痛不已。這次雖是做得挺好，但也是職責所在，不必額外賞賜了。」

紫微聞言微笑不語，何進對劉宏道：「皇上，十常侍尚未受誅，我們仍不能掉以輕心。」劉宏點了點頭，張拓、袁紹、曹操三人齊道：「請大將軍下令。」

何進點了點頭，道：「袁紹，曹操，剛剛我吩咐你們所辦的事，你們現在可以去了。皇上，我和張中郎將現在就殺進長樂宮，誅殺官宦。」袁紹和曹操應了一聲，各自離去。劉宏則是咳了兩聲，道：「大……大將軍，朕隨你們進去。」

何進搖頭道：「萬分不可，雖說我們人多勢眾，但大家也想不到張讓會有何奸計，皇上萬金之軀，豈能冒險？」

劉宏搖頭道：「朕要親自取回這個江山。加上有你和張中郎將在，又有何所懼？」

何進和張拓再三勸阻劉宏，亦違拗不過，只好順著帝意。二人領軍攻進宮內，途中雖有禁軍抵抗，但禁軍士氣低落，完全不是何、張對手。不消片刻，二人已長驅直進，直殺至嘉德殿。

長樂宮本是皇帝后宮住所，劉宏也不知多長一段時間沒有回來，他見到嘉德殿，虛弱的身軀充滿力量，指著道：「進去吧。」

張拓與何進簇擁著劉宏，推開嘉德殿的大門。

除張讓外的十常侍坐在兩旁，身後各站著兩名衛兵，九人表情呆滯，雙目無神，似是毫無焦點地看著前方，就算張拓何進擁著劉宏進來，他們臉上神色也無甚變化。何進三人覺得奇怪，向前望去，破軍站在階下，張讓歪歪斜斜的坐在上首龍椅之中，身旁站著兩名錦衣少年，何進等人定神一看，那兩人正是太子劉辯和陳留王劉協。

破軍見到紫微時，微微露出複雜的神情。

張讓沉著臉，兩堂眉斜斜垂下，雙目似閉非閉，嘴角似笑非笑，一直盯著劉宏等人，一言不發。

大殿正中躺著貪狼的屍體，現場已不見了七殺。

何進一見張讓坐著龍椅，立即破口大罵：「大膽閹賊竟如此大逆不道，趕快從龍椅上滾下來受死！」

張讓沒有理會何進，那深邃可怖的眼睛緊緊盯著居中的劉宏，然後，目光瞧向劉宏身後的紫微。只見紫薇臉帶微笑，如沐春風，與平日的冷若冰霜判若兩人，就像是遇到什麼喜事一樣。張讓心頭火起，冷哼一句，眼中如射出利劍，要把這叛徒千刀萬剮一般。

紫微見張讓看著他，毫不畏懼地迎向對方的目光。他平日對著張讓總算維持恭敬，哪似得現在這般敢於直視對方？張讓按捺不住，尖聲喝道：「紫微，枉我對你如此器重，竟然是你背叛我！」

「我從來沒有效忠於你。」紫微收起微笑，義正辭嚴，一臉的正氣凜然，他向前走上數步，朗聲道：「我效忠的從來就是當朝皇上，我就是潛龍！」

我就是潛龍五字響亮無比，回音不斷在殿中徘徊。紫微本以為聽到這句十常侍等有多大反應，但此刻趙忠等九人依然臉如死灰，就似是完全沒有聽到他的說話一般。而張讓雖是面如玄壇，雙手微微顫抖，但臉上那陣陰森恐怖卻越加濃烈，看著紫微的眼神越來越兇狠，似是恨不得馬上把他碎屍萬段一樣。

何進轉頭看了看紫微，二人對視半晌，前者才回過頭來朗聲大笑，說道：「張讓，你該想不到你最親近的親信居然會是潛龍吧？你又想不到，權傾朝野的你，今日會死在這個殿堂上吧？」

張讓冷冷地瞧向何進，默然半晌，忽然「噗哧」的笑了數聲，他聲音又

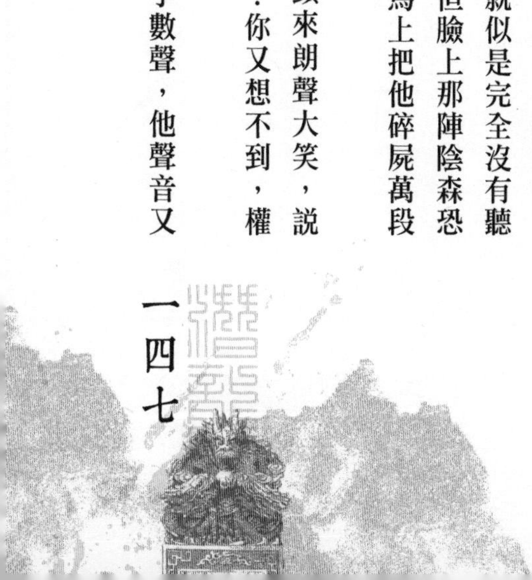

尖又銳，笑得越是開懷，顯得越是陰森可怖，讓人不安。劉宏等三人互視一眼，各自看出對方心中的不安。張讓笑了好一會兒，才慢吞吞地道：「你們真的以為贏了嗎？」

劉宏等人心中狐疑，但見張讓從龍椅上站了起來，右手輕輕搭在皇子辯肩上，不徐不疾的道：「紫微，你已經隨我多年，何進，你跟我也鬥了多年，難道你不知道我從來都是疑人不用，用人不疑？從一開始我就知道潛龍乃十四星之一。你們以為，我還會信任十四星，交託重任嗎？」說到後來，張讓臉上重新展現平日滿腹奸計的模樣，瞧得紫微滿腹不妥，卻又說不出哪裡不對。

「或者說，你們覺得，為何貪狼會死在這裏？為何蹇碩埋伏何進，會被事先知曉？」

紫微想著想，忽然面露懼色，似是想到了什麼。

他立馬回頭，但破風聲已是迎面而來，饒是他反應極快立即向後掠開，但閃躲之際，左肩還是也被兵刃擦傷，鮮血直流。

紫微一臉驚訝，只因他看到兩名本是張拓的親信手持利刃架在劉宏和何進脖子上，殿外同時傳來呼喊殺戮聲，那兩名親信把頭盔脫下紫微腦袋立時一陣昏眩，這兩人竟然都是瞎子！

「蝠……蝠臨門？張拓，你！」

背後傳來張讓的笑聲，紫微愕然回頭望去，張讓已坐回龍椅，淡淡然地道：「紫微啊，你太心急了。你知道為什麼你們監視張拓已餘半月，今夜才有殺手向你們動手？你知道張拓是如何獲得你們行動的消息？」

紫微的臉色越來越青，這些問題他都曾經想過，可是今夜發生之事太多，他也只當碰巧沒有放在心內。張讓此刻一說，他才醒悟一切。

「那只有一個原因，張拓一直以來都是我的手下，蝠臨門也是我要他暗中建立的組織。」看著紫微錯愕的神情，張讓笑得越來越開懷，笑道：「盧植被救後，我便知道潛龍必定在你、七殺、貪狼三人之中，若我安排蝠臨門早些行動，說不定就會給你們看穿。只要所有事情趕一夜之內發生，你們才無暇考慮，亦可接連引發今晚之事，把你們幾個嫌疑人，把何進，把劉宏，把蹇碩，一網打盡。」說到這裏，他向張拓揚一揚手，張拓點點頭，向外面大聲道：「動手！」

張拓一聲既出，趙忠九人身后的衛兵同時舉起兵刃，寒光閃爍，頃刻間九顆人頭掉地，張讓狂態畢現，如惡鬼一樣獰笑道：「你們也想反很久了，對吧？看你們還怎樣反我！」

變生肘腋，紫微、劉宏、何進三人面面相覷均不懂如何反應，過了不久，聽得「砰砰砰」幾聲巨響，紫微但見嘉德殿外火光沖天，羽林軍竟在長樂宮中放起火來。

張讓冷冷一笑，緩緩站了起來，與皇帝四目相對。

一個咬牙切齒，一個滿臉獰笑。

他們多年來無數次面對面的明嘲暗諷，無數次的針鋒相對，但以往二人尚且戴著面具惺惺作態，不似今日一般露出真面目。劉宏的雙目猶如要噴出烈火，把十常侍之首焚燒殆盡，但不論他如何掙扎也是無用，身後的殺手依然把他捉得緊緊，脖子上冷冰冰的刀刃赤裸裸地粉碎了他的希望。

最終，張讓笑了笑，然後右手在脖子上一比劃……

「刷！」殺手的兵刃在二人脖子上一拖，咽喉登時血流如注，劉宏何進二人應聲而倒。

看著倒下的二人，要數最震驚的莫過於紫微了。他本以為自己的算計已能戰勝張讓，卻想不到與張讓爭鬥不下十年的羽林軍中郎將，竟也是張讓的手下。

那就是說，張讓從來沒有完全信任紫微。

劉宏與何進脖子流出鮮紅的血液把大殿中的地板染紅，外面火光彤彤，喊殺聲如春雷暴響，看著此情此景，紫微心中如墜冰窟。拯救劉宏時他猶如騎上仙鶴沖天飛起，整個人如騰雲駕霧，但變生肘腋，一切變化來得太快，他現在心情如半空墜落，一切空空洞洞，好不難受。

紫微籌備今夜已久，不想在關鍵時刻被張讓反將一軍，以致功敗垂成，一時間老羞成怒，抽出腰間長劍，猛然向張讓撲去。這一下端的勢若奔雷，眼看他手中長劍立即便要貫穿張讓胸膛，忽然身畔傳來風聲，似是有重型兵刃橫劈而來！紫微精神一震，連忙收招躍開避過來招。紫微見偷襲者手持一柄大朴刀，正正就是破軍，他心頭大震，全身如遭電擊，忍不住道：「破軍！你！」

紫微這句話還沒來得及說完，張拓與隨行的兩名殺手立即有所動作，齊齊攻向前者！與此同時，羽林軍也團團把張讓保護得密不透風，張讓冷笑道：「紫微，嘿嘿！好一個潛龍！即便你武功出神入化，今天也得栽在我張讓手上！」

「！」

交手不過數招，紫微已連連遇險，那是因為張拓與正圍攻的殺手可謂蝠臨門武功最高的三人，有別於一般蝠臨門殺手的配合，張拓三人的配合更是來得霸道和直接了當。歸根究底，一般蝠臨門殺手縱使配合再好，也要聽聲辨位。但這三人當中，張拓卻不是瞎子，他以口哨作號指揮另外二人，進退有據，攻時三人如風捲殘雲，守時固若金湯。縱使單對單紫微武功比他們高上一大截，此刻也絲毫奈何他們不得。

更何況，還有一個破軍！

如果說張拓三人的配合只與紫微打成平手，那破軍則是使得後者遇險連連的最大原因。

破軍就是與紫微當年的啞巴忠僕，前者是個啞巴，後者又故意在人前拉開二人距離，所以就算連張讓也不知二人關係。早在貪狼戰死時，知曉紫微心思的破軍已心感不妙，剛才見到紫微撲向張讓，而張拓三人的兵刃也朝紫微後背攻去，破軍知道就算紫微成功殺了張讓也會玉石俱焚，這才出手制止紫微，使他有空應付身後的張拓三人。

但就偏偏就是如此，在紫微心神大亂，精神恍惚之際，見到破軍阻礙自己，紫微一時間以為對方已背叛自己，整個人如墜冰窟，平日的冷靜多智竟在此刻蕩然無存。縱使破軍多次暗地向他施以援手紫微也沒有發覺，要不是本身武功極高，早就喪身張拓三人的刀下，但饒是如此，現在也是傷口累累，鮮血不斷飛濺四散。

紫微狀況不佳，破軍心中也是焦急如焚，見紫微目光越加渙散，暗道若不當頭棒喝，紫微必定死在眾人手裏。破軍於是暗暗立定心思，即便犧牲自己也要助紫微逃離險境。

忽然，聽得張拓一聲哨響，兩名殺手分從左右攻向紫微，張拓自己本人高高躍起，手上單刀直劈下去。破軍清楚紫微本事，知道這一下斷不會難倒他。果然，紫微雖動作較平日遲緩，但還是勉強抵擋得到。

就在此時，破軍往前一沖，雙手扶住紫微雙肩。紫微下意識提劍一刺，長劍立馬貫穿破軍胸膛！

「！」

熱辣辣的鮮血噴灑了紫微一臉，紫微如夢初醒，低頭一看，自己手中的長劍已經穿過破軍的身體。

到了此時，紫微方自醒悟過來，二人四目相投，雖然一句話也沒有説，但紫微卻清清楚楚地聽到破軍心中的話語。

「不！」

吶喊聲中，破軍用盡最後一分力氣，雙掌掌力一吐，紫微立時騰空向後飛起，在張拓三人攻到之際紫微已撞破殿門。

到了此刻，張拓等人也終于發現破軍的意圖，兩名殺手的兵刃立即向破軍招呼過去。破軍身負重傷，自知離死不遠，他硬生生受了兩刀，然後咬緊牙關，朴刀猛然橫掃過去，以同歸於盡的方式把兩名殺手劈開兩截。

此時的破軍也自知命不久矣，他並沒理會躍在半空的張拓，只用盡最後的力氣，回頭看了紫微最後一眼。

「不要！」

「刷！！」

破軍的頭顱如皮球一般掉落地上。

想及破軍的苦心，紫微頭也不回地向前疾奔，數滴不知是汗還是淚的液體飄在空中，瞬間被漫天大火蒸發。

奇變頓生，破軍竟在最後一刻倒戈助紫微離開，更使自己損折兩名蝠臨門殺手，張讓臉色一沉，雖然有點不滿，但轉念想道：「他已無計可施，我這邊人多勢眾，縱然他武功如何高強也傷不了我。」

此時，一名羽林軍慌張地從外奔來，道：「稟報主公，袁紹和曹操正領軍從東西兩門攻來！」

「嘿，我們既有禁軍，又有羽林軍，區區曹操袁紹又有何懼？」張讓不悅地道。

豈知，那羽林軍仍是一臉神色慌張，說話的聲音也顫抖起來：「不……不止袁紹曹操，皇城北面也有軍隊進城！我們在皇城外的部隊已……全軍覆沒。」

聽到此言，張讓才渾身一震，他一直都是一副胸有成竹的模樣，直到聽到這個消息才顯得有點意外，他問道：「怎麼可能還有軍隊？他們打的是什麼旗號？」

自負的他沒有想到，何進留下了最後一步，與張讓玉石俱焚的一步。

「盧植，丁原，還有……

西涼——董卓軍。」

＊＊＊

「七殺大哥！七殺大哥！」

另一邊廂，在廂房之中，太陰輕聲呼喚，把七殺從夢中喚醒。

七殺顧目四盼，只見自己躺在廂房榻上，鼻子聞得一陣幽香悠悠傳來，他低頭一看，剛才與貪狼激戰的傷口已經包紮妥當。他想要掙扎起來，太陰連忙扶著他讓他半坐在榻上，太陰柔聲道：「七殺大哥，慢些，別著急。」

當太陰伸手過來時，那陣幽香就更加濃烈，七殺心中一蕩，臉上微微發燙，他搖了搖頭驅散這種感覺，問道：「太陰，我睡了多長時間了？現在情況如何？主公安然無恙嗎？」

太陰微笑不語，溫柔地輕輕撫著七殺的額頭，七殺但覺太陰手掌柔軟無比，摸在額上有說不出的舒服，只聽太陰道：「放心吧七殺大哥，你昏了也不過一個時辰，別擔心主公，他既吩咐我照顧你，自然他有妥善安排。」

雖然太陰如是說，但七殺還是不放心地問道：「主公還在嘉德殿？何進呢？張拓呢？他們攻進來了嗎？」

太陰抿嘴一笑，端的風情萬種，她嗔道：「七殺大哥你真心急，你難道還信不過小妹嗎？你儘管放心吧，以主公的性格，若是馬上需要你幫忙，難道還不會脅逼我立馬把你救醒嗎？難道還讓我帶你到這裏慢慢療傷？」

七殺道：「我也是擔心主公罷了。」

太陰笑道：「七殺大哥你還真是忠心。」她走了開去，倒了杯茶端到七殺面前，道：「來，先喝杯茶。」

七殺拿著茶杯，忽然想起剛才的夢境。此時，忽然遠方傳來喊殺聲，七殺臉色一變，奇道：「怎麼回事？」太陰也是面露詫色，道：「我先去看看，你切莫亂動，免得傷口迸發！」言罷奪門而出，到外面一探究竟。

七殺正要喝口茶，但他忽然想到剛剛回憶起在黃巾時的夢境，心不在焉下手一抖，竟把大半杯茶倒在榻上，到口的也只那麼一小口。他焦急地看著廂房大門，過不多久，太陰滿臉歡喜地回到廂房，關門時順手把門閂落下。

七殺覺得奇怪，問道：「太陰？何事那麼歡喜？」太陰從七殺手中取回茶杯，瞧了瞧杯內空蕩蕩的，臉上的笑容更甚，她本就美貌，此刻笑語晏晏，更是增加幾分媚態。七殺正欲再問，太陰卻打斷了他，笑道：「七殺大哥，其實也沒什麼大不了的，只是姓張的奸賊這次劫數難逃而已。」

「張拓？那何進呢？」七殺問道。太陰卻是呵呵大笑，道：「張拓？他和何進剛剛攻進了嘉德殿啊！我說的奸賊……」忽然，太陰收起了笑容，一臉陰森恐怖地看著七殺，一字一字的續道：「是張讓啊！」

七殺嚇了一跳，幾乎要跳起來，可是他此刻方自發覺，自己竟是一絲氣力也提不起來，他瞪大著眼望著太陰，後者嘻嘻一笑，輕輕搖了搖手中的空茶杯，道：「七殺大哥，既然你還沒恢復元氣，就在這裏好好休息，也別想著出去了。相信何進張拓很快就會解決主公，然後，就輪到七殺大哥你了。」

七殺心想自己只是喝了一小口，身子已經動彈不得，若非神推鬼擁倒了一大半，那可當真不可想象，驚道：「太陰，你在幹什麼！」

太陰呵呵一笑，滿臉媚態地道：「剛剛你聞的香，配上你喝的茶，都是小妹特意調配。但放心，這不是毒藥，毒不死人。只是讓你動不了手，也動不了口而已。」

七殺怒道：「你為什麼要這樣做！？」

太陰掩嘴嬌笑，學著七殺的語調道：「為什麼要這樣做？為什麼要這樣做？七殺大哥你當真有趣，那當然是為了不讓你遇上何進啊……」說著說著，太陰臉上神色忽然一變，似笑非笑，卻又充滿殺意，一字一字地道：

「潛。龍。」

玖

盈不久也

頃刻間，房間裏沒有了聲音，七殺凝視著太陰，太陰也凝視著七殺。

「你……何時……知道？」

「不是小妹，是紫微大哥。」太陰抿嘴嬌笑，隨即神色一肅，冷笑道：

「你問何時知道你身分？打從一開始就知道了。」

「你初入十四星時，紫微大哥已對你生疑。黃巾降軍多數落草為寇，圖謀東山再起，投降漢軍的雖為少數，但也不意外，可是投靠十常侍，這樣就當真奇怪得很。你加入的頭一年也算安分，可你記得那天嗎？我說的是劉宏給你玉珮的那天。」

七殺臉上肌肉雖已僵硬得做不出表情，但眼神之中還是露出一陣恍然，太陰微微一笑，道：「對，你想起了吧？那天你潛入西苑，向劉宏說你乃何進手下，潛入十四星目的刺殺張讓。可你還沒報出身份時已被紫微大哥撞破，還打得你落荒而逃，更遺下了劉宏的玉珮。你以為這是偶然嗎？非也，紫微大哥是故意讓你與劉宏接觸，也故意讓你表露不了身份。」

七殺眼神中露出困惑神色，太陰見狀得意地一笑，道：

「你這個身份對紫微大哥至關重要，只因這是一個機會，一個讓他完全洗白的機會。之後你的每次行動，紫微大哥故意睜一隻眼閉一隻眼，讓你得以順利完成。待事成之後，他以潛龍的身份向劉宏稟報，早在很久以前，劉宏就認定紫微大哥是潛龍，他才是那個協助何進匡扶漢室，誅殺張讓的大忠臣。嘿，說起這個，我也倒是好奇，七殺大哥你平日裝得正氣凜然，開口義氣閉口義氣，運送盧植的那天，你親手殺死廉貞等三人時，心裏面有否一絲愧疚？」

見到七殺怒瞪自己，卻說不出話來，太陰笑道：「哎喲，小妹忘了，此刻七殺大哥應該已經說不出話來了吧？」她花枝招展地笑了好一會兒，才道：「說回劫走盧植的那天，少主故意安排你跟天機一隊，他知道以你武功，要避開天機自是不難。然後，我們去尋找廉貞等人的時候，紫微大哥故意把當日從你手上得來的玉珮留在現場，再交到張讓手上。」

七殺用盡全力，斷斷續續地説道：「紫微……目的……把潛龍……公諸……於世。」

太陰見狀詫異道：「居然還説得出話？七殺大哥，哎喲，該稱呼你七殺大哥好，還是潛龍大哥好？哈哈你看小妹都混亂了。」她心情極好，揶揄了對方好一會兒才續道：「可是你只説對了一半。讓潛龍這角色公諸於世，頓時就造就了一個既神秘，又忠於大漢，又敢於對抗張讓的角色。這個角色，會深深刻在朝野眾人的腦海之中。然而，皇上一直以為紫微大哥便是潛龍，知道你真實身份的也只有何進，只要推翻張讓之際順道把你們二人幹掉……」

「少主就能完全搶得這個身份，再利用這個身份恢復自己漢室宗親的地位。」太陰翹起二郎腿，姿勢嫵媚地坐著，滿臉柔情蜜意地盯著七殺，但她這個神情卻讓後者不寒而慄，如芒刺背。

太陰托著下巴，輕聲道：「七殺大哥，你瞧你的身分有多重要？」

七殺越聽越是心驚，只聽太陰又道：「少主也一早洞悉蹇碩和貪狼的反叛意圖。今夜奇變頓生，少主在如此危急之間還安排你和貪狼回來稟報，實在妙絕。讓你們先鬥一輪，貪狼如能先殺掉你那是最好，不過現在也是不錯。」

紫微的計策環環相扣，聽得七殺後背直流冷汗，他心念急轉，想著如何才能脫離險境，但此刻他中了迷藥，既不能動彈，甚至說句話也有困難，七殺心急如焚，卻已無計可施。

「本來，我應該直接毒死你。可是，我相信紫微大哥若能親手殺死你，親手奪走你的身份，恢復他失去的一切，他定會更加開心。放心吧七殺大哥，念在同僚一場，待會紫微大哥也會給你一個痛快的，呵呵呵呵呵。」

太陰尖聲大笑，笑聲遙遙傳了開去。就在此時，外面忽然「砰砰砰」數聲，然後人聲沸鼎，嘈雜不堪。太陰臉色疑惑地回過頭去，但覺外面熱浪撲面，竟然整個皇宮著起火來。太陰心感奇怪，正要起來出外探個究竟，廂房大門忽然「砰」的一聲被踢開，兩三名羽林軍裝束的士兵手持長槍沖了進來。

羽林軍見得太陰和床上的七殺，喝道：「你們是誰？報上名來！」他們看了看太陰的裝束，見得左臂上十四星的木牌，又道：「你們是十四星！？」

太陰不通武藝，就算是羽林軍也能把她輕易擊倒，於是她匆忙搖手，連聲道：「不不不！我是潛龍的同伴，你們遇到過潛龍了吧？他就是本屬十四星的紫微！」

三名羽林軍互視一笑，齊聲道：「哦！是紫微的同伴！」

「正是正是。」太陰喜不自禁，指了指榻上的七殺，道：「這是七殺，是張讓的愛將，你們快點……」她話沒說完，三名羽林軍同時把手中的長槍一挺，三柄長槍貫穿了太陰的身體，太陰萬萬沒料到會如此，一臉錯愕地看著羽林軍，那絕色的容顏掛著不解，然後往後倒下，就此死得不明不白。

羽林軍殺了太陰，其中一人奔到七殺榻邊，道：「看樣子是中了迷藥！」另外一人搜了搜太陰的屍身，卻找不到解藥，七殺道：「水……水……」羽林軍正要拿起旁邊的茶壺，七殺連忙搖頭，急道：「不！毒……毒！」那羽林軍甚是聰穎，登時明白過來，連忙喚另外兩名同伴從門外找來了井水，喂七殺喝下。

七殺只是喝了極少劑量的迷藥，狂灌清水後手腳漸漸能開始活動，再過一炷香時間，終於能活動自如。見到七殺漸漸好轉，羽林軍急切問道：「七殺大人，您現在覺得如何了？」

七殺點了點頭，說道：「你們是……」

「七殺大人有所不知，我們羽林軍一直效忠張常侍，剛剛已在把何進等叛黨剿殺，如今正要前往東門繼續抵擋叛黨。」

「哦……原來如此。」

七殺緩緩抬起了頭，羽林軍只看到一雙充滿殺氣的眸子。

＊＊＊

整個洛陽城陷入一片火海，殺聲、哭喊聲、震耳欲聾。長樂宮中，火屑飄在空中猶如一隻又一隻的紅蝴蝶在天飛舞。

張讓劫持著太子與陳留王，他雖然殺了劉宏和何進，今夜一晚之內剷除了所有的敵人，但此刻他的臉上並無勝利的喜悅，只因剛剛傳來消息，皇城東西北三門已被攻破。本來他以為單靠羽林軍兵力尚能與袁紹曹操一戰，但張讓也萬萬想不到，何進竟一早招攬了丁原、盧植、還有西涼董卓，尤其董卓坐擁西涼軍隊更是戰力強悍。有了他們，軍隊勢如破竹地攻破皇城，羽林軍與禁軍兵敗如山倒。

但張讓終究是一代梟雄，面對困境依然不慌不忙，雖然已是面有難色，但仍冷靜地分析著形勢。他細心地思考著，思考剛才自己有沒有犯下什麼錯誤，若是犯了，現在有什麼可以補救。張讓此刻身邊有包括張拓在內的二百來個羽林軍，雖說兵力不夠，但他現在並不是要殲滅對手，只是要逃出洛陽，去到長安便可。去了長安，他手上仍有兩名皇子，自己在長安也有勢力，只要性命保住，仍能東山再起。張讓既想好後路，便低聲向張拓道：「你領著這裏的羽林軍，分別向東、西兩門死命衝殺，裝作我就在裏面。我帶十來人換了何進軍的服飾，從南門離開。」

張拓領命而去，過不多久，果然聽見東西兩邊傳來震耳欲聾的廝殺聲，張讓心想自己的計策有用，正當他剛剛換好衣服準備起行之際，忽然前方有一軍殺了過來，這下子突如其來，張讓又剛剛使走了大部分的羽林軍，不得不嚇了一跳，眼望過去，旗號竟然是袁紹！

但見袁紹騎在馬上，威風凜凜地帶著一軍來到。張讓雖然知道己方這十來人已經換了何進軍的服飾，但還是怕袁紹認得自己，連忙低著作頭以袖遮臉。但聽袁紹已與一隊羽林軍交戰起來，兩方正在他前方不遠互相廝殺糾纏，一時間也分不出勝負。袁紹在馬上喊道：「殺！所有穿羽林軍服飾的！所有沒有鬍子的！都一併殺死！」

張讓聽到之後，饒是平日冷靜無比，這下子終於大驚失色，心道袁紹果然好狠，幸虧他聽到了這話，不然後果當真不堪設想。他當即割下袖袍裏著下巴，帶著十來名手下換上何進軍的服飾，把太子和陳留王簇擁在內，往北門疾奔而去。

一路上雖然再沒有遇上敵軍，但亦是膽顫心驚，正當他去到通往北門時，忽然見得一名黑衣人站在門前，一動不動。張讓等人停在原地，他遠眺過去，但見這人身穿黑衣，手持銀白色七尺長槍，正是七殺。

一見七殺，張讓頓時大喜，立馬把裹著下巴的袖袍脫掉，領著餘下部眾往前走去，邊大聲尖叫道：「七殺！快來！快來！」他奔了幾步，忽然覺得不妥，連忙停了下來，手下見張讓如此，也愕然停下。

張讓遠望過去，只見七殺明明見到自己，但還是動也不動，一臉神色木然。

不，不是木然，是冷漠。

這冷漠的神情，使張讓想起了另外一名十四星，不由得向後退了一退。

七殺看到張讓，深深吸了口氣。腦海中如萬馬奔騰，他的一切經歷，從被何進派到黃巾擔任臥底，再到投靠張讓，成為十四星之一，這些年來的一切經歷，都在他腦海之中閃過。

他想起很多人，想起了廣宗那對老夫妻，想起了茶寮中的那長髮中年人，想起了何進，甚至想起了紫微。

聽到張讓略帶顫抖的呼聲，七殺終於理清自己的思緒，他再不迷茫，再不猶豫，一抖手上銀槍，向著張讓等人緩緩走過去！

雖是沒有說過一句說話，但七殺已經意圖明顯，這一下張讓當真嚇得驚慌失措，正當他要回頭之際，一望過去，立時嚇得臉白如紙。

只因不知何時，一個熟悉的人影已站在眾人身後不遠。

那人相貌俊美，但卻一臉冷酷，手持兩柄長劍，不是紫微是誰？

「終於找到你了。」紫微齒間吐出這一句說話，也不知是對著張讓說，還是對著七殺說，他也帶著緩慢的步伐，一步一步的向前走去。

張讓左邊是殺氣騰騰的七殺，右邊是冷酷如冰的紫微，平日陰險狡詐的他此時終於嚇破了膽，一時間反應不過來，眾手下左右張望，也是不知如何是好。

「阻止……阻止他們！」張讓尖聲大叫。那十來人互視一眼，竟同時掉下長槍，各自四散了。張讓心如鉛墜，他千算萬算，卻算不到七殺也不是他的人。他絕望地尖叫一聲，平日那深謀遠慮的模樣已是蕩然無存，他發狂一般抽出一柄匕首，架在劉辯脖上，尖叫道：「你們兩個別過來！一過來我就殺死他！」

紫微大喝道：「太子莫慌，潛龍救駕！」他左劍劍尖朝地，右劍平舉，由緩步走變成慢跑，慢跑再變成疾奔。但他竟不是衝向張讓，而是向著七殺飛奔而去。隨著他腳步加快，左劍刮在青石板地上，濺起點點火花，七殺也挺起長槍，快步迎向對方。

二人尚余數尺距離，七殺驀地一停，沉肩扭腰，手中長槍向紫微猛戳而去，他順勢一按銀槍內的機關，長槍在刺出時徒然長了兩尺，這正是擊殺貪狼的一招！

紫微眼見眼前銀光閃動，他的武功和反應比貪狼不知高上多少倍，平舉的右劍看準銀槍來勢，向上一格，準確無誤地格開長槍，紫微順勢往前邁了一大步，蓄勢待發的左劍由下而上反撩，劈向七殺胸口。

「鐺！」

一聲清響，回音處處。

紫微臉色略帶詫異，只因他的左劍竟被擋了下來！七殺發力一推，二人各退一步，紫微這才看得清楚，七殺的銀白長槍，竟變成了兩柄各長四尺的短槍！

原來七殺的長槍除了能夠自由伸縮長短外，還可以一分為二！

「嘖，這廝平日看上去忠厚老實，這暗箭傷人的本領倒是不少。」紫微心中咒罵，他見到七殺生龍活虎，而太陰則不見蹤影，相信已凶多吉少。

只一夜之間，對自己崇拜有加的同僚、自少服侍自己的婢女、還有一直相陪在側，對自己忠心耿耿的忠僕相繼逝去，紫微心中一陣淒然，就這麼心神一分，險些被七殺所傷。他強自收斂心神，一抖雙手長劍，繼續向七殺攻去。

七殺這次的對決與貪狼一戰截然不同，貪狼與他不分伯仲，二者互有攻守。紫微的武功卻比他高上自己一截，甫一交手攻勢就如狂風暴雨般攻來，七殺只能採取守勢，雙槍在身前守得固若金湯，滴水不漏。

銀光閃爍，兩柄長劍在紫微手上使來猶如兩條活蛇一樣變幻難測，銀白劍鋒化成兩團光暈，七殺不敢眨眼，唯恐看漏一招半式自己就命喪當場。但縱使他用盡全力招架，還是被紫微攻得節節敗退，不到十數招，雙臂、胸腹多次被長劍划過，綻出無數血花。

「嗆！」

兵刃相交，迸出點點火花，遠處火光沖天，多少宮殿已出現崩塌。火屑隨風飛舞，在二人之中紛飛如蝶，四濺的鮮血瞬間在空中蒸發。二人鬥得興起，火屑落在身上也渾然不覺，彼此目的只有一個——殺死眼前敵人。

紫微雙劍如水銀瀉地，又如天花亂墜，七殺看得眼花繚亂，連退數步想要拉開距離重整旗鼓。紫微卻看穿他的心意窮追不捨，七殺只能立即變招，右手短槍「鐺」一聲擋住長劍，左手一按機栝，四尺短槍立時縮短了尺餘，他立時把短槍當作匕首使用，向紫微腰腹猛捅過去！

「！」

七殺這一著猝不及防，就連紫微也大吃一驚，他急中生智，運勁在劍脊上用力向短槍擋格過去，只聽「鐺」的一聲響，他手中長劍立即斷成兩截。但也是如此，長劍頓時也變成了一把短兵器，能與七殺短兵相接。

此刻二人貼身搏鬥，斷劍和短槍迅捷無比地互有攻守，情況比剛才更加兇險了幾分。

從開始到現在，好像過了很久，其實也頃刻之事，張讓瞧在眼裏，雖然不明白為何紫微要先殺七殺，但聰明如他雖在驚恐之中，亦立時反應過來，心道：「不管任何原因，紫微不先殺我，定是為了爭功。」

張讓雖是個閹人，但謀略膽識絲毫不低，否則如何能夠左右朝政多年？

紫微穩占上風，這連不通武藝的張讓也能看出，暗道不知七殺能抵擋多久，他緊緊捂著太子的嘴，緩步後退，打算趁機離開此地。

豈知紫微跟隨他多年，對他的性格已是瞭如指掌。與七殺相鬥的同時一直不忘留意著張讓的一舉一動。見後者後退，立即變招，左手長劍平平削向對方面目，待七殺舉槍擋格，紫微身子一轉，右手隨著轉身順勢用力一揮，手中斷劍化成白虹，「刷」的一聲貫穿了張讓的右肩，張讓痛得大聲呼叫，跪了下來，手中的匕首亦應聲落地！

紫微擲了斷劍，立即右手前探，緊緊捉住七殺左槍。

七殺以為紫微要奪他兵刃，立即運勁抵抗，卻見眼前白光閃爍，紫微左手劍已又再攻到！

七殺不及細想，只能撒手棄槍順勢後退，紫微奪得短槍卻不追擊，而是把搶來的短槍再次一擲，但聽張讓撕心裂肺地叫痛，那短槍貫穿了他的右腿，現在他如何也再動不了。

此時，忽然聽得馬蹄聲響，一軍人馬走了過來。看到這場廝殺，為首馬上的將軍饒有興致地笑了笑，示意部下停了下來。他看了看紫微七殺，又看了看跪在地上的張讓，一臉興致勃勃，似是要看人表演一樣。

「太子再等一會！待潛龍殺了這個反賊，立即過來救你！」紫微佔盡上風，見得又有觀眾，立即向太子喊話，然後回頭凝視著七殺，冷笑道：「乾脆你就自盡罷了。與我相鬥你絕無勝算。」他聲音越說越細，去到最後幾是耳語地道：「何進已死，天下間再無人知道你真正身份，你留在世上還有何用？倒不如死了一乾二淨。」

紫微說得不錯，從相鬥至今，七殺已經渾身浴血，雖無受到什麼大傷，但鮮血已從各傷口流個不停。他與貪狼一戰時的傷勢尚未痊愈，此刻又重新迸裂，整個人如同血人一般。

七殺失血過多，嘴唇已開始乾涸，眼前的畫面開始朦朧，可當他聽到紫微最後一段話時，當即精神一振，他淒然一笑，搖頭道：「我還不能死，我還不能死。」

紫微冷笑著回應：「抱歉，你今天不得不死。」

七殺凝視著對方，問道：「你是如此喜愛這個身份，就拿走吧，反正我也不稀罕。」

紫微疑惑地「哦」了一聲，道：「你既捨棄身份，又為何要來追殺張讓？」

七殺歎了口氣，道：「只是為了兑現承諾罷了……就如同殺死那個人一樣……」

「那個人？」

「當年在潛伏黃巾時，曾殺過一人，他説土地毀了，河流髒了，裏面的水是臭的，魚也是臭的。怎樣都變不回來了。要不就繼續在那個臭的地方生活，另外一條路，就是走新的地方，換新的環境。縱然最後還是死路一條，至少曾經燦爛過……」七殺重新呼了口氣，雙手持槍，作了一個衝刺的姿勢，道：「那個時候並不明白，但現在我明白了。」

「我的路在前方，不在腦後，我的命仍未璀璨過，如何能夠就在這裏停止？」

二人覺得四周熱如火爐，火舌幾乎把整個長樂宮吞沒，火屑如繁星點點般的飄在空中，似是為接下來的最後一招助興。

紫微正要出招，剛剛來到在旁觀戰的將軍忽然朗聲大笑，説道：「説得極對！要槍的小兄弟，本將軍欣賞你！」

這將軍的反應大出紫微意料之外，他向旁望去，只見此人昂藏九尺，氣度不凡，那張堅毅的國字臉略帶狂妄，如劍鞘一般的濃眉配上黑白分明的眸子，那股氣度就如廟中的神像一樣。紫微微微一怔，心中沉吟道：「待殺死七殺，再來好好對付你，到時候我是兩位皇子救命恩人，還怕你這籍籍無名的武夫不成？」

於是他回首盯著七殺，冷笑道：「你最璀璨的日子，就是今天，就是今夜。」劍交右手，紫微一抖長劍，大踏步向對方奔去。

七殺也鼓起最後一口氣，緊緊握住手中銀槍，向敵人迎去。

「嗆！」

劍槍相交，綻放出的火花在轟轟烈火下瞬間即沒。

紫微的長劍早已損折，與七殺的銀槍撞在一起，立即斷成兩截，半截劍鋒在空中劃出一道弧線，噹啷一聲掉落在地。

兵刃雖然斷裂，紫微臉上卻沒有半分焦躁，他見七殺手中短槍正要順勢向自己胸膛捅來，嘴角更是立即微微牽起。原來早在動手之前，紫微心中早有計較，長劍不堪負荷斷成兩截，甚至七殺短槍刺向他的心窩，這些盡在他意料之內。

只待七殺這槍刺到胸前，他便可以展開身法側身閃開。屆時七殺已收不了招，他便能以斷劍向對方迎面劈去。就算七殺反應過來僥倖擋住，紫微也能立即鬆開右手，然後以左手從下接著斷劍，再施展致命一擊。

如意算盤在紫微心中打得正響，眼見七殺的短槍越來越近，他看準來勢，做好了閃躲的準備。

豈知，就在紫微正要閃躲之際，卻發現胸膛已經傳來一陣撕心裂肺的痛楚。

紫微低頭望去，赫然發現銀白短槍已狠狠地刺進了自己的胸膛！

「！」

紫微臉上感到一陣滾燙，同時巨力從前方猛然撞來，他臉上掛著茫然，整個人失去控制地往後急飛，直到飛過了兩個身位才重重摔倒在地！

紫微猶不死心，他用盡剩餘的力氣撐起半邊身子，舉目望去，只見七殺已疲憊地跪倒在地，正茫然地睜開雙眼，不可置信地看著自己的雙手。

七殺前方有一道觸目驚心的血跡，血跡就似一條紅色的蟒蛇一直延伸，直至紫微身下方自停下。紫微順著血跡望去，目光最終放在自己的胸膛上。短槍已貫穿了紫微的胸口，鮮血從前後的傷口汩汩流出，瞬間在他躺著的地方形成了一個不住擴張的血窪。

隨著意識到自己已活不久了，一陣無力的傷感湧上紫微心頭，他眼望遠處，不服氣地悲鳴道：「我……是潛龍！為什麼……我……是潛……龍……」

看著離死不遠的紫微沙啞著聲音發出最後的控訴，七殺心裏也不其然浮出一陣唏噓之感。就在此時，忽聽腳步聲響，七殺循聲望去，原來是剛剛那旁觀的將軍已然下了馬，向著自己走來。

「你在最後生死相搏的一刻，仍想著諸多詭計把戲。」將軍一邊走來，一邊說著，他看著紫微時的臉色一副嗤之以鼻，似是極是不屑，反倒瞧向七殺時一臉和顏悅色，看似十分欣賞對方，續道：「絕境之中，往往能迸發出前所未有的威能。生死相搏就是一瞬間的事，豈容那麼多的花拳繡腿？」

紫微聽著將軍的話，彷彿明白自己為何最後功敗垂成，獲得如此下場。他苦笑兩聲，仰天長歎，喃喃自語地道：「我是……潛龍……是推翻張讓的英雄……是漢室的……」

紫微的聲音越來越小，眼望遠方，漸漸沒了聲息。

那「宗親」二字，終究沒有說出口來。

「敬你是個梟雄，自盡吧，莫要我動手。」將軍經過張讓身邊，隨手丟下了一柄匕首。後者知道再無希望活命，淒然一笑，垂下頭來又哭又笑，然後隔了半晌，把那柄匕首送進了自己胸膛之內。

看著張讓自盡，七殺終於完成對何進的承諾，胸膛一陣舒適，如同放下了壓在心頭的大石。他意識逐漸模糊，隱隱約約聽到從遠而近傳來的腳步聲響，原來是那名將軍的手下紛紛走來，挺起長矛指著自己。

「放下武器吧。」將軍擺了擺手，然後吩咐手下接走太子和陳留王，之後他回頭向七殺踱步走來，對著他説道：「知道為何我不殺你嗎？」

七殺搖頭。

將軍正眼望著他，一字一字地道：「你的話，我聽見了。」

「大丈夫處於亂世，就該按著自己想法，走自己的路。不論結果如何，也要活得燦爛。守舊之人終究只是留在過去，亂世中要出人頭地，路卻是在眼前。」

七殺腦袋一陣暈眩，也不知是心情激蕩還是因為失血過多，他失重心重重摔倒在地。七殺抬頭望著將軍，後者正好背光，火光彤彤把他宏偉的身影像鑲了層金邊一樣，七殺看到宛若天神的將軍，悠然神往，不禁看得怔怔發呆。

將軍把七殺從地上扶起，問道：「小兄弟，我正好缺一偏將，你可願跟隨我？」

七殺的心情無法言表，面對將軍的邀請只懂呆呆地點頭應允，卻説不出半句説話。將軍嘴角含笑拍了拍他的肩膀，笑著問道：「你叫什麼？」

「我……」七殺垂頭思索良久，終於，他找回那已被拋棄良久的真名。

「張遼，我叫張遼。」

後記

事過境遷，晃眼已是九年之後。

九年前皇城動亂，本以為隨著張讓自殺而終結，卻想不到掀起了漢末群雄割據的序幕。

西涼董卓入城，廢少帝，立獻帝。關東諸侯聯盟伐董，鏖戰虎牢關。董卓火燒洛陽遷都長安，及後被義子呂布所殺。呂布又被董卓殘黨所敗，帶著殘部四處流浪。關東群雄互相征討，戰火連天，天下無處不是戰場。

徐州下邳，呂布軍的旗幟迎風飄揚，南門「白門樓」牌匾正上方的城樓，有一人正盤膝而坐眺望遠方，三叉紫金冠上的雉翎跟隨著旗幟迎風飄舞，此人正是「馬中赤兔，人中呂布」的溫候呂布。

呂布彷如入定般一動不動，靜靜地目視遠方，既似是正欣賞城外風景，又似是正在思索什麼。就在他看得入神之際，忽然有一陣腳步聲在身後響起，他頭也不回便知來者何人，笑著問道：「怎樣？情況很糟糕嗎？」

「糟透了。」清澈嘹亮的聲音在呂布背後響起，來者正是呂布麾下猛將張遼，他碎步走上城樓來到呂布身後，眉頭幾乎皺成了一條直線，憂心忡忡地道：「將軍，曹軍已引沂水和泗水灌城，我想再過一個月，整個下邳就會被河水淹沒。下邳已不能再留……將軍，趁曹軍包圍尚未完成，你還是帶著夫人小姐及早離去罷。我們兵分兩路，屬下穿著將軍的衣服向北佯攻……」

「你想說你佯攻北面，我則喬裝平民帶著家眷從南邊逃走是吧？」張遼話未說完，呂布已颯爽一笑，舉手遙遙指向遠處，說道：「只是，包圍早就完成了，那只是曹操故意露出來的缺口而已。」

張遼沒好氣地道：「將軍，到了此刻，你怎地還能笑得出來？」

呂布並沒回頭，語氣聽起來確是十分輕鬆，絲毫沒有被重重圍困的懊惱，反倒像是勝券在握一般，他再笑了笑，問道：「你可知道，為何九年前你與紫微相鬥時，我會把你招募麾下嗎？」

張遼微微一愣，跟隨呂布多年，後者從未提及過舊事，不知為何現在忽然說起。張遼想了一想，重複了當年呂布對他說過的話道：「大丈夫處於亂世，就該按著自己想法，走自己的路。不論結果如何，也要活得燦爛。守舊之人終究只是留在過去，亂世中要出人頭地，路卻是在眼前。」

「若說燦爛，九年前你與紫微一仗不也打得燦爛嗎？是否你當時死去也是死而無憾？」

「自然不是，當時我已說我的人生還未璀璨過，所以才……」

「你有否想過，若當時那招你敗於紫微之手，我可會出手相助？」

張遼一怔，無言以對。

「你有否想過，當時若我不替你醫治傷勢，你可會活得下去，那你當時的人生，可算是燦爛過？」

張遼張嘴欲語，卻發現自己無從反駁。

「所以，你此刻為我伴攻北面送死，證明這幾年來你活得很不錯？揚名四海了？威震天下了？」呂布的語氣忽然變得嚴肅起來，張遼只怔怔看著對方，腦中漸漸浮現出答案。

呂布續道：「許多人以為自己的燦爛只在當刻，然後就不假思索把自己的生命揮霍當下。殊不知道人生路長，你只要一日不死，雖不知什麼時候，但仍能再次綻放光芒。」

「亂世之中，活下去，才有機會璀璨。亂世之中，只要活得夠長，那才是贏家。」

呂布終於回過頭來，與張遼四目交投，二人對視之間，張遼剛才腦中只有模糊景象的答案漸漸清晰，他終於明白呂布的意思。他長長歎了口氣，過了好一陣子才緩緩說道：「難怪將軍你被罵三姓家奴，反覆無常。自古以來，多少好漢男兒忘身於外，死而後已，絕不降敵，也只有你才能說出此等歪理。」

「三姓家奴那又如何，只要能保住性命，五六七八姓我也願意當。」呂布再次展露笑容，爽朗大笑，那爽朗的笑聲在城樓遙遙向外傳出，迴蕩不休。言罷，呂布朝張遼招了招手，後者走到他身前，呂布取起了身邊的方天畫戟遞到張遼手中。

張遼雙手接過畫戟，沉默半晌，最終心頭湧起一陣悲戚，高舉畫戟向呂布拜倒下去。

「將軍，文遠謹記教誨，永不敢忘。」

呂布拍拍對方肩膀，就如九年前一樣雙手扶起對方，如放下心頭大石般鬆了口氣，欣然笑道：

「好，很好。」

一個月後，曹操破呂布於下邳。
縊殺呂布於白門樓。
張遼領兵投降，拜中郎將，賜爵關內侯。
此後官渡白馬破袁軍；
東海降昌豨；
白狼山敗袁氏兄弟；
逍遙津一役威震天下；
為曹魏立下無數顯赫功勳。
被封為五子良將之首。

最終，

張遼生前名震天下，

死後名垂千古。

《潛龍·全卷完》

作者的話

您好～我是東南，感激閣下看完本作來到這裏。

《潛龍》寫於2017年，正是當年用作參加第一屆天行賞的作品。之所以會選擇武俠題材參賽，絕非因為喬老大是評審之一，而是一個更簡單的原因——兒時夢想。

我對一些事情有解釋不了的執着。從小學時沉迷金庸小說起，從初中初次執筆創作故事起，我已立志要成為一個作家，而且一定要以武俠小說出道。

對的，縱使我日後腦中出現過許多其他題材的靈感，但我想以武俠小說出道，這點多年來未曾改變。

也是如此原因，我才分別以《潛龍》與《任俠行》參加首兩屆天行比賽。

當年撰寫本作時，由於一開始太大想頭，而且當時想挑戰一下自己想寫寫影子主角，最終比賽版出來的效果可謂頗多瑕疵，就連我自己也不大滿意。後來將兩本作品修整一下，就放到penana連載。

所幸的是，兩部作品均有不少同好點閱，有的朋友更給了我寶貴的意見。收集了意見過後，我把兩部作品重修並投稿出版社，看看會否有機會出版成書。

結果，幸運地《任俠行》得到台灣出版社賞識，成功於台灣出版，而《潛龍》亦有幸得到天行者青睞，成為了您手中的作品。

幸福來得很突然Derrrr~

說回本作，與比賽和連載版相比，實體書版本完滿了許多，也能帶出更多我在初撰寫本作時想探討的問題。

在東漢末年這種大亂世中，人的價值到底如何。是張讓一般狠毒的野心家？是貪狼一般至死效忠主子的殺手？是紫微一般用盡心力取得身份？是七殺一般隨波逐流沒有思想的執行者？還是呂布一般為了生存下去不計聲名？

一個問題百個答案，您的答案又是什麼？

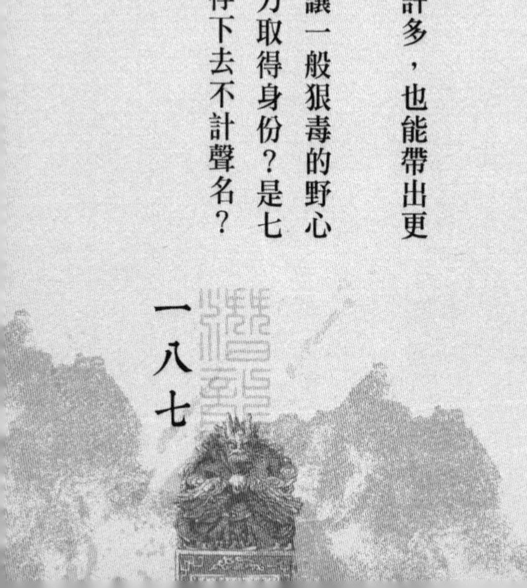

最後來到這裏，我要感謝幾個人，首先就是我的娘親，第二個要感謝的就是把我帶進寫作世界的堂哥，沒有你的引路，也沒有今天的我，謝謝你。

然後謝謝麥麥，謝謝太歲軍團的三人，謝謝每一個家人。

謝謝瀰霜，謝謝責編蟹哥，還有本作每位讀者，感激你們對本作提出過的意見，才會有如今的最終修訂版。

當然還有謝謝您。

我的武俠創作必定不會止步於此，我仍會繼續努力，希望能在下一本書見到你。

再會！

武俠誌 01

潛龍

作者 東南
內容總監 曾玉英
責任編輯 謝鑫
書籍設計 Marco Wong
封面插圖 阿宇
出版 天行者出版有限公司 Skywalker Press Ltd.
九龍觀塘鴻圖道 78 號 17 樓 A 室
電話 (852) 2793 5678
傳真 (852) 2793 5030
出版日期 2021 年 6 月初版

發行 天窗出版社有限公司 Enrich Publishing Ltd.
九龍觀塘鴻圖道 78 號 17 樓 A 室
電話 (852) 2793 5678
傳真 (852) 2793 5030
網址 www.enrichculture.com
電郵 info@enrichculture.com
承印 佳能香港有限公司
九龍紅鸞道 18 號中國人壽中心 A 座 5 樓
定價 港幣 $88 新台幣 $440
國際書號 978-988-74782-4-9
圖書分類 (1)流行文學 (2)小說/散文